세상의 모든 처음

세상의 모든 처음

갈피 못 잡는 청춘의 삶에 꽂은 당신의 책갈피

백범각 지음

세상의 모든 처음

갈피 못 잡는 청춘의 삶에 꽂은 당신의 책갈피

초판 1쇄 2023년 12월 25일
지은이 박범각
펴낸곳 이매진 **펴낸이** 정철수
등록 2003년 5월 14일 제313-2003-0183호
전화 02-3141-1917 **팩스** 02-3141-0917
이메일 imaginepub@naver.com
블로그 blog.naver.com/imaginepub
인스타그램 @imagine_publish
ISBN 979-11-5531-144-8 (03800)

• 환경을 생각해 친환경 용지로 만들고 콩기름 잉크로 찍었습니다.

프롤로그

나와 당신의 책갈피

지금부터, 부산에서 나고 자란 사람이 잠시 서울에 가 있다가 부산으로 돌아와 책방 차린 이야기를 하겠다. 책방 주인 되는 이야기가 궁금하다면 4부만 보셔도 된다. 나머지는 '지역에서 일하기'를 고민한 한 사람 이야기니까.

부산광역시 남구 대연동 근처에는 대학이 많다. 낮보다는 밤이 더 번화한 거리에 그야말로 뜬금없는 골목이 하나 있다. 사람들이 〈센과 치히로의 행방불명〉에서 본 곳 같다고 이야기하는 골목으로 살짝 들어오면 오래된 주택 안에 작은 서점 '당신의 책갈피'가 있다.

요즘 일 잘하는 작은 서점들은 책마다 정성 들여 써놓은 짧은 서평, 시기와 테마에 맞춘 깔끔한 큐레이션, 편집 숍에 맞먹는 아기자기한 굿즈, 카페나 펍을 더한 복합 문화 공간까지 다양한 시도를 해 눈길을 끈다. 당신의 책갈피에는 책밖에 없다. 그런 서점 모습을 보면 오히려 호기심이 동하는지 사람들은 이것저것 많이들 물어본다.

"어쩌다가 서점 열 생각을 하셨어요?"

"여기는 어떤 서점인가요?"

"먹고살 만큼 되나요?"

이따금은 책보다도 책방에 더 관심이 많다는 느낌마저 들었다. 내 책방 이야기가 정말 궁금하다면, 기왕 이렇게 된 바에야 책을 써도 되겠다는 생각이 들었다.

책방을 차리기로 하고 다른 사람들 이야기를 보면서 몇 가지 다짐을 했다. 청운의 꿈을 안고 책방을 열었고, 손님은 생각보다 많이 없었고, 이따금 어떤 손님들 때문에 힘들었고, 책방은 내가 원하고 그리던 이상적인 공간이 아니었고, 주변에 있는 이런 사람들을 만나고 저런 책을 보면서 마음이 안정됐고, 그 힘으로 '파이팅!' 하면서 내일도 책방 문을 열겠다는 글은 쓰지 말자가 그중 하나였다. 내가 읽은 책을 요약하고 감상을 늘어놓으면서 '데칸쇼'(데카르트, 칸트, 쇼펜하우어)가 어쩌고저쩌고 지식 자랑은 하지 않겠다는 다짐도 했다.

그 정도로 힘들지도 않고 그 정도 지식도 없으니까, 나는 스스로 낭만을 찾는 사람 중 가장 속물이고 현실을 찾는 사람 중 가장 공상적인 사람이니까, 여전히 내가 무슨 꿈을 이룬 사람이라거나 이 세상에 어떤 기여를 한다는 생각은 하지 않는다. 다만 내가 걸어온 길, 앞으로 하는 일에 적당하게 의미를 부여하면서 하루하루를 살아내고 있다.

공상 속 나는 부산의 문화 예술 인프라가 수도권과 대등한 수준이 되는 데 기여하고 지역 예술가들이 먹고

살 수 있을 무대와 환경을 만드는 사람이지만, 현실 속 나는 그냥 책을 많이 읽는 친구들하고 놀기를 좋아하는 게으른 책방 주인이다.

현실 속 나는 매일 정해진 시간에 출근을 하고, 회사에서 적당히 일을 하고, 정해진 시간에 퇴근을 하고, 때가 되면 월급을 받는 평범하면서 위대한 삶을 좇지만, 그런 흔한 삶을 살기가 쉽지 않아서 결국 좋아하고 꿈꾸는 일을 찾아 모험을 시작한 사람이다.

가장 경계한 점은 따로 있다. 나는 결국 '취업이 안 돼 서울에 올라가서 잠시 일을 하다가 책방을 차릴 생각으로 부산으로 돌아온 이야기'를 한다는 사실이다. 서울과 부산 사이의 차이를 열등감으로 그리고 싶지 않았고, 부산 이야기를 하는 내가 거만한 사람으로 비칠까 봐 싫었다. 그런데, 그렇게 되기가 말처럼 쉽지는 않다.

서로 다른 네 가지 처음 이야기를 나눠서 하려 한다. 1부는 '나름' 제2의 도시라는 부산에서 나고 자란 한 사람이 '평범하고 위대한 삶' 대신 '좋아하고 꿈꾸는 일'을 찾게 된 이야기다. 2부는 공상의 크기를 현실에 맞춰가려고 노력한 이야기다. 3부는 부산에 돌아온 뒤 찾아가서 만난 11명이 들려준 이야기에 또 다른 사람들이 해준

이야기를 담아 부산이라는 공간을 전체적으로 조망한
다. 4부는 그 이야기들을 모아 처음으로 만나게 된 공간
'당신의 책갈피'를 만드는 과정을 기록하려 한다.

차례

2부. 처음 찾은 서울

3부. 처음 찾는 부산

4부. 처음 하는 책방

1부

처음 맞는 청춘

"뭐해?"

"서울 가고 있는데."

"근데 왜 버스 정류장 사진이 전국 단위로 올라와."

"시내버스를 타고 가고 있으니까?"

"……왜?"

"그냥."

처음 가본 정류장에서

친구 하나가 부산부터 서울까지 시내버스를 타고 올라
갔다. 2008년, 스무 살 첫 여름방학 어느 날 친구는 싸이
월드에 실시간으로 전국 곳곳 버스 정류장 사진을 올리
기 시작했다. 서울 갈 일이 있는데 한번 시내버스만 타고
가보겠다고 했다. 두 가지 생각이 들었다. 먼저, 정말 쓸
데없는 짓을 하는구나. 둘째, 나도 당장 하자.

스무 살은 '그냥' 의미 없는 일에 열정을 쏟기 좋은
나이였다. 대학생들은 국토 대장정을 하고, 한국철도공
사(코레일)는 특정 기간 동안 철도를 무제한 탈 수 있는
여행 서비스 '내일로'를 내놓고, '열심히 일한 당신, 떠나

라'던 카드 회사는 인생을 즐기라는 아버지 말씀을 전하는 때였다.

인생에 돈과 시간과 체력이 모두 있는 시기는 생각보다 많지 않은데, 스무 살 여름 방학이 딱 그랬다. 대학수학능력시험(수능) 끝나고 잠시 공장 아르바이트를 해 받은 보수는 스무 살 학생에게는 꽤 많은 돈이었고, 대학교 방학은 고등학교에 견줘 훨씬 길었다. 이럴 때일수록 의미 없는 일을 해야 좋다. 친구가 싸이월드에 올린 사진들을 보고 인터넷 블로그를 뒤져 동선을 짰다. 유행이라고 하기는 겸연쩍지만 세상에는 이미 그런 여행을 다니는 사람이 종종 있었다. 시내버스만 타고 부산에서 서울까지 하루에 가기. 일종의 챌린지였다. 새벽 4시 30분에 부산에서 출발해 22회 환승을 하면 오후 11시 30분쯤 서울에 도착할 수 있다던가. 내가 짐을 꾸릴 때만 해도 1일 완주에 성공해 인증한 사람이 없다는 점도 이 여행이 지닌 매력 포인트였다. 1년 뒤, 하루 안에 도착한 사람이 인터넷에 올린 인증을 기점으로 이 시내버스 여행이 방송도 타고 유튜브 콘텐츠도 되는 시대가 오기는 했다.

나는 도전하고는 거리가 먼 타입이라, 대구와 대전과 서울에서 1박씩 거치는 여유로운 여행을 하기로 했다.

옷가지 몇 벌과 책 몇 권에 지갑과 휴대폰 같은 꼭 필요한 물건만 챙긴 배낭을 메고 노포동 부산종합버스터미널로 갔다.

시작은 부산에서 울산으로 가는 시내버스였다. 1일 차 여행 일정은 부산, 울산, 모화, 경주, 아화, 영천, 대구를 도는 코스였다. 모화와 아화는 둘 다 행정 구역상 경주에 속한 곳인데, 살면서 처음 들은 지명이었다.

첫 도시 울산에서는 딱히 할 일이 없었다. 지금이야 울산이며 대전이 '노잼 도시'로 유명하지만 그때는 그런 정보도 없었다. 그냥 무작정 대학가 근처면 재미있겠지 하고 울산대학교 근처에 내려 잠시 돌아다녔다. 별것 없었다. 3박 4일 일정이 흥미로운 일로 가득 차지 않을지도 모르겠다는 생각은 넷째 코스인 경주에서 바뀌었다.

모화 정류장을 지나 경주에 내렸다. 천년 고도는 달랐다. 한옥 기와를 쓴 프랜차이즈 카페, 첨성대 모양 가로등, 살아 있는 닭을 들고 버스에 타는 할머니까지. 잠깐, 닭 들고 버스 타는 할머니는 천년 고도하고 별 상관이 없지 않나. 이 장면은 15년이 지난 지금도 기억 속에 가장 뚜렷하게 남아 있다. 그다음 순간 버스 기사와 할머니가 나눈 대화 때문이다.

"등교?" (무슨 일로 닭을 들고 버스를 타셨어요?)

"사우가 와갖고." (우리 사위가 집으로 왔지 뭐야. 닭이라도 한 마리 잡아 줘야 하지 않겠어? 그래서 들고 탔지.)

"델따 주까요?" (그 상태로 댁까지 가시기 힘들어 보이는데, 제가 모셔다드리는 게 낫지 않겠어요?)

"됐다, 마. 엉성시럽게." (주변 시끄럽게 징그러운 소리 하지 말고 운전이나 해라.)

"델따 주께요, 마. 주소도 알고." (종점까지 가는 사람도 없을 텐데 그냥 제가 데려다드리겠습니다.)

잘못 들었나 싶었다. 종점인 아화 정류장을 지나 구불구불한 시골길을 달린 버스는 할머니를 집 앞까지 모셔다드린 뒤에야 아화로 돌아왔다. 버스를 내리는데 눈앞에서 영천으로 가는 버스가 막 떠났다. 천천히 기다리면 다음 차가 오겠지 생각하고 슈퍼마켓에 들어가 간식거리를 샀다. 아무리 기다려도 버스는 오지 않았다. 그제야 정류장에 붙은 배차표를 확인했다.

살면서 처음으로 버스가 하루에 네 번 오는 곳이 있다는 사실을 알았다. 2시 30분 차를 놓치면 5시 30분 막차를 타야 했다. 스마트폰이 대중화된 지금이라면 검색해서 가까운 초등학교까지 조금 걸어가 버스를 따라잡을 수 있었겠지만, 그때 내 손에는 코스별 정류장 이름을 출력한 종이밖에 없었다.

시간 때울 곳을 찾아야 했다. 바로 앞에는 영업을 하는지 알 수 없는 인터넷 피시방이 보였다. '게임랜드'라는 이름을 보면 성인용 피시방이라는 느낌이 강하게 들었다. 여행 코스를 따라가면서 내리는 정류장마다 네 가지 건물이 꼭 있었다. 다방(카페), 교회, 농협(은행), 모텔. 다방과 모텔은 어린 마음에 부담스러웠고, 교회에 들어가려니 신자가 아니었으며, 은행에 가려면 뭔가 업무를 봐야 할 듯했다.

종점 앞 슈퍼마켓에 다시 들어가 물을 사고 평상에 앉아 책을 펼쳤다. 옆에 앉은 어르신이 먼저 말을 걸었다. 요새 책 읽는 젊은 사람이 있냐며 신기해했다. 지금도 그렇지만 그때도 책 읽는 청년은 멸종 위기종이었다. 말 걸어준 할아버지도 어디론가 떠나고 책을 다 읽고 나서도 시간이 남아 정류장 주변을 걸어 다녔다. 여기저기 논밭밖에 없었다. 딱히 볼 것도 없는데다가 길을 잃을지도 몰라서 조금 더 일찍 아화 정류장으로 돌아갔다.

대구와 대전을 거쳐 도착한 최종 목적지는 서울고속버스터미널이었다. 살면서 처음 가본 강남이었다. 사흘

동안 여행하면서 본 풍경하고 너무 달라서 같은 나라가 맞나 싶었다. 목 아플 정도로 높은 빌딩들이 우뚝하니 솟아 있었고, 가는 곳마다 식당과 카페와 가게가 즐비했다. 당연히 배차 간격이 네 시간 넘는 버스를 기다릴 일도, 논밭 사이를 헤매다 길을 잃을 이유도 없었다. 아화에서는 사람 자체를 구경하기 힘들었지만, 물가 비싼 서울에서 돈을 아끼려고 숙소로 선택한 찜질방에는 잠자러 온 사람만 수십 명이 넘었다. 서울 찜질방 요금은 대전에서 하루 묵은 모텔보다 조금 더 비쌌다.

이튿날 시외버스를 타고 부산으로 내려왔다. 선산휴게소에서 딱 한 번 쉬었다. 시'내'에서 시'외'로 한 글자만 바뀌었는데, 여행은 아주 쾌적했다. 내가 지나온 길은 한나절이면 다닐 수 있는 짧은 거리였는데, 그 사이에 자리한 공간들은 아주 멀게 느껴졌다.

그 뒤에도 이따금 혼자 여행을 떠났지만, 그때 들른 곳들을 다시 갈 일은 없었다. 친구를 만나 그때 그 여행 이야기를 하다가 문득 시골 마을 정류장이 궁금해졌다. 이번에는 로드 뷰로 여행을 떠났다. 세상 참 많이 바뀌는구나 싶으면서도 풍경은 그다지 변함이 없었다. 게임랜드가 다방이 되고 슈퍼마켓이 편의점으로 간판을 바꿔

단 정도를 빼면, 심지어 흙먼지 앉은 스쿠터도 그 자리에 그대로 서 있었다. 가장 큰 충격을 준 아화 정류장은 역사 속으로 사라졌다.

굳이 여행을 할 생각은 아니었지만, 서울에 갈 일은 점점 더 늘었다. 그사이 내가 살던 부산은 서울만큼 좋아지는 듯하다가, 변함이 없는 듯하면서, 시골 버스 정류장처럼 소멸을 걱정하는 곳이 돼갔다.

나는 그런 지역성만큼 애매한 경계선에서 살아온 한 사람 이야기를 한다. 서울은 아니지만 지방이라 하면 자존심 상하는 부산이라는 도시에서 자리 잡고 일하는 이야기. 할 수 있는 일을 면서 월급을 받는 직장인과 책 읽는 사람이 좋아 서점을 열게 된 자영업자 사이에서 고민한 이야기. 수도권에 집중되는 세상 흐름에 저항하지는 않지만 지방에서 남은 사람들끼리 할 수 있는 일을 찾는 이야기.

《전지적 독자 시점》

여행이 싫지는 않다. 작게는 출근이, 짧게는 여행이, 길게는 타지 생활이 모두 마찬가지였다. 집을 떠나 사는 동안 새로운 경험을 하고 재미있는 추억을 쌓을 수 있지만, 결국에는 집으로 돌아오는 그 순간이 가장 좋다. 다만 여행을 다녀온 뒤 집에 있는 나는 조금 더 성장한 기분으로 살아간다.

요즘은 출퇴근 길에 이따금 웹소설을 본다. 혼자 읽던 소설 속 세계로 주인공이 들어가는 《전지적 독자 시점》이 단연 재미있었고, 추천받아 본 《화산귀환》과 《데뷔 못 하면 죽는 병 걸림》도 몇 달간 지하철 속 시간을 함께했다. 웹소설 보는 책방 주인을 신기해하는 시선도 조금 있을 줄 알았는데, 비슷한 또래인 글 읽는 친구들은 대부분 이미 웹소설로 넘어와 있어 그런지 별 의문을 품지 않는 듯했다.

웹소설의 유행 조류에는 그런 마음이 있지 않나 싶다. '내가 지금 같은 경험과 연륜을 가지고 옛날로 돌아갈 수 있다면' 모든 일을 더 잘할 수 있으리라는 자신감과 믿음.《전지적 독자 시점》같은 웹소설 속 판타지 세계관으로 들어가면, 남의 거짓을 읽는 특성을 얻거나, 레벨에 따라 능력치가 올라가거나, '성좌'라고 하는 신에 가까운 존재들이 건네는 지원까지 받을 수 있으며, 심지어 주인공은 과거나 미래의 기억 덕분에 앞으로 일어날 일까지 다 알 수 있다. 당면한 어려움을 손쉽게 해결하는 주인공 모습에서 느끼는 이른바 '사이다'라는 카타르시스가 요즘 웹소설이 인기를 끄는 비결이지만, 언제나 삶은 1회차이고, 현실로 빠져나오면 특성이며 상태 창, 당연한 말이지만 성좌가 건네는 후원은 없었다. 같은 직종으로 여러 번 이직하는 삶도 회귀나 환생이라 할 수 있겠지만, 2회차라고 해서 엄청난 위기 대처 능력이나 퍼포먼스가 생기지는 않았다. 그러니 여행이며 모험은 소설 주인공 몫으로 남겨두고, 즐거운 곳에서 날 오라 하여도 내 쉴 곳에서 할 일을 찾고 싶었다.

"재수한다고 했나?"

"아, 이번에 추가로 붙었습니다."

"어디?"

"어……부산대요. ……악수는 왜?"

"앞으로 잘 부탁드립니다."

"……에?"

쇳가루 날리는 공장에서

처음 월급을 받은 곳은 쇳가루 날리는 어느 자동차 부품 하청 공장이었다. 고등학교 3학년 겨울 방학, 우리 반 반장이던 짝이 소개한 아르바이트였다. 공장은 집 가까운 공단에 있었고, 두 달 남짓 짧게 일했다. 아직 주 5일제가 자리 잡기 전이라서 일주일에 6일 출근했다. 수요일과 토요일에는 잔업을 했다. 오전 9시부터 오후 9시까지. 일은 단순했다. 자동차 부품을 끼우고, 기계에 놓고, 나사를 조이고, 뚜껑을 덮은 다음, 버튼을 누르면 됐다. '지이잉' 소리가 나면서 부품에 구멍 두 개가 찍혀 나왔다. 하루 종일 한 자리에 서서 구멍 뚫린 부품을 쌓았다.

처음 공장에 간 날 사장 아저씨는 나와 친구를 '박 군'과 '임 군'이라고 소개했고, 다른 이들을 '김 씨, 김 씨, 이 씨, 김 씨, 최 군, 이 대리'라고 알려줬다. 사람 소개를 이렇게 얼렁뚱땅 넘어가도 되나 싶었지만, 일을 해보니 그래도 괜찮다는 사실을 알게 됐다. 식사 시간을 빼면 서로 이야기를 할 만한 짬이 안 났고, 기계에 뭔가 문제가 생긴 때 찾는 대리 아니면 누구를 부를 일도 없었다.

아침이 되면 출근을 하고, 옷을 갈아입고, 라디오를 들으면서 기계 부품에 구멍을 뚫었다. 쇳내와 쇳소리가 차가운 공기를 채우고 상자 비슷한 물건이 가득 차면 김 씨 아저씨가 지게차로 부품을 옮기고, 다른 김 씨 아저씨가 크레인을 이용해 트럭에 싣고, 이 씨 아저씨와 김 씨 아저씨와 사장 친척인 우리 또래 최 군, 임 군, 나 박 군이 부품을 쌓는 시간의 반복. 찰리 채플린이 만든 영화 〈모던 타임스〉 같은 한 달 반이었다. 밥은 근처 식당에서 배달했다. 겨울이니까 난로 주변에 모여 앉아 얼어가는 손을 녹이면서 말없이 밥을 먹고 다시 작업을 시작했다.

첫 월급으로 88만 원 조금 넘는 돈이 들어왔다. 집이 힘들게 사는 편은 아니었지만, 매점에서 사 먹는 500원짜리 불벅이면 행복한 고3에게 100만 원 가까운 돈은 차고 넘쳤다. 서점에서 사고 싶은 책을 잔뜩 고르고 좋아하는 가수들 음반을 몇 장 샀다.

아버지가 어느 날 아침밥을 먹다가 물었다.

"일할라이 되제?" (만날 앉아서 공부만 하다가 공장에서 하루 여덟 시간 열 시간씩 일하려니 힘들지 않니?)

"되진 않고요." (그렇게 힘들지는 않아요.)

"그래 살아도 되겠나." (그런 식으로 살아도 될 듯하니?)

"괘안아 비는데." (괜찮아 보이는데요.)

그날 아침은 그렇게 끝났다. 저녁에 퇴근한 내 방에 들어온 아버지가 옛날이야기를 해줬다. 고등학교를 졸업하고 혈혈단신 부산에 내려온 이야기, 아는 사람 없어 고생하면서 일한 이야기, 지금까지 회사를 일궈온 이야기. 아버지는 누나든 나든 하고 싶은 일은 뭐든 밀어줄 테지만 대학이라는 기회는 놓치지 않으면 좋겠다고 했다. 그때만 만날 수 있는 사람이 있고 그 사람들이 줄 수 있는 것들이 생각보다 많다고, 그런 것들을 놓쳐서 너무 아쉬운데 너희 둘은 안 그러면 좋겠다고 했다. 아버지는 그런 바람을 이야기했다. 누나는 이미 대학을 잘 다니고 있었다. 그리고 다음 달 월급을 정산할 때 나도 조금 생각이 바뀔 일이 생겼다.

처음에는 가고 싶은 곳에 예비 번호가 길게 잡혀 있어 당연히 재수를 하겠거니 생각했다. 첫 월급봉투를 나눠준 이 대리는 다른 대학에 합격한 임 군을 축하하고 나한테는 노력하다 보면 좋은 날이 온다는 위로를 건넸다. 다음 달 월급을 받을 때쯤 나는 추가 합격 전화를 받았다. 가장 가고 싶은 학과였다. 당연히 등록한다고 했다. 이 대리는 이번에도 으레 물었다.

"그래, 대학 간다꼬, 임 군이 어디랬고. 니는 재수한다고 했나?"

"아, 이번에 추가로 붙었습니다."

"어디?"

"어……부산대요. ……악수는 왜?"

"앞으로 잘 부탁드립니다."

"……에?"

상황이 바뀌어서 대학에 간다고 대답할 수 있었다. 부산대학교라고 하자 이 대리는 눈이 커졌다. 늘 하던 반말을 존댓말로 바꾸더니 갑자기 악수하자고 했다. 살면서 내가 선택한 문헌정보학이라는 전공에 관련해 잘 부탁할 일이 생기지는 않을 듯한데, 이 대리가 나를 대하는 태도와 눈빛은 확실히 달라져 있었다. 진짜로 다른 세계

30

가 있는 걸까. 확인하는 시도도 괜찮아 보였다.

　대학생이 된다고 해도 딱히 달라질 일은 없었다. 아주 열심히 산 시간이라고 하면 양심에 조금은 찔리지만, 그래도 남들 하는 만큼은 경험했다. 4320원 시대에 아르바이트를 하면 4000원을 받고, 4860원 시대에 아르바이트를 하면 4500원을 받고, 5160원 시대에 아르바이트를 하면 5000원을 받았다. 아르바이트 사이트에 적힌 '급여 협의'라는 말은 법보다 조금 덜 줄 테니까 알아서 하라는 뜻이었다. 공공 근로든 근로 장학생이든 그나마 국가 기관이랑 일을 하면 법에 정해진 액수만큼은 받을 수 있었다. 최저임금위원회가 정한 기준선 조금 아래에서 급여 협의를 하고 나면 어이없는 원망도 가끔은 했다. '왜 깔끔하지 못하게 천 원 단위로 안 끊고 그러냐.'

　그래도 졸업하면 또 다르겠지. 4년제 대학 문헌정보학과를 마치면 2급 정사서 자격증이 나오니까, 내가 좋아하는 일, 하고 싶은 일을 잘할 수 있겠다고 생각했다.

《쇳밥일지》

'공장을 다녔다'고 하면 지금 어떤 감각으로 느껴질지는 잘 모르겠지만, 요즘 '쿠팡'과 '배민'이 아르바이트로 매력적인 선택이듯 2000년대 후반부터 2010년대 중반까지 파트타임으로 할 수 있는 일 중에 공장과 조선소는 매력적이었다. '고생 조금 더 하면 더 많이 받을 수 있는' 확실한 일자리였다. 영남권 남성에 한정된 경험(양승훈, ("제가 그래도 대학을 나왔는데" — 동남권 지방대생의 일경험과 구직), 《경제와 사회》 131호, 한울, 2021)일지도 모르겠지만, 그때는 다들 공장이나 조선소에서 아르바이트를 한 경험이 한 번쯤은 있었다. 겨우 두 달 남짓 되는 시간이었지만, 이때 기억은 내 삶의 기준선처럼 남았다.

아직도 그때 대학 가지 않고 계속 공장 다녔으면 어땠을까 하는 이야기를 부모님하고 이따금 나눈다. 천현우가 쓴 《쇳밥일지》는 그래서 내 삶의 다른 선택지처럼 읽혔다. 오랜 기간을 떠돌이로 살아가면서 일하는 내 친구들 이야기. 성실하게 출근과 퇴근을 하고, 정규직과 비

정규직이 직장에서 어떤 차이가 나는지 알게 되고, 오늘보다 더 나은 내일이 보장되지 않아 어떻게든 오늘 할 수 있는 것들로 모든 내일을 채워야 하던 순간들. 우리 시대 대부분의 사람들, 내 친구들 사는 이야기가 이 책에 적혀 있었다. 그리고 공장을 가지 않은 삶이 어땠냐면, 크게 다르지 않았다.

물론 대학에서 만난 친구들은 공무원이든 대기업이든 공기업이든 좋은 자리에 많이 들어갔다. 주변 사람이 잘되는 일도 내가 잘되는 일만큼 중요하다. 네트워크의 힘이 있으니까. 그렇지만 친구의 삶은 친구의 삶이고 내 삶은 내 삶이었다. 사무직이라고 해서 아주 나은 미래를 꿈꿀 수 있다거나 모든 사람을 공평하게 대하지는 않았다. 그러니, 꿈을 찾아 떠난들 삶은 대단할 것이 없었다.

"거기서 일하는 것도 괜찮지 않을까."

"어디?"

"책이 700만 권쯤 있고,

평소에 원하는 책들을 마음껏 읽을 수 있으면서,

책 좋아하는 사람들이랑 함께 일하는."

"국립중앙도서관?"

"소박한 북카페."

대단할 일 없는 꿈 찾기

대체로 운이 좋은 편이라고 생각한다. 큰 굴곡이라 할 만한 사건 없이 자랐고, 하고 싶은 일, 좋아하는 일도 금방 찾았다. 어릴 적부터 세상 쓸모없는 것들에 관한 소소한 이야기를 좋아했다. 이야기는 주로 책 속에 있었다. 자연스럽게 비슷한 친구들 몇몇이 책을 매개로 친해졌다. 《해리 포터》가 인기리에 연재 중이었고, 인터넷 소설과 판타지 소설과 무협 소설이 유행한 시절이었다. 휴대폰은 있지만 스마트폰은 아니고, 피엠피^{Portable Multimedia Player.} ^{PMP}(음악과 동영상 재생, 디지털카메라 기능을 갖춘 휴대용 멀티미디어 재생 장치)나 전자사전 같은 구시대 유물로 시간을 때웠다. 아침 여덟 시가 안 돼 등교해 밤 아홉 시까지 '자율 학습'이라는 이름으로 학교에 갇혀 사는 학생들에게는 책도 괜찮은 킬링 타임 콘텐츠였다.

이세계에 고등학생이 가서 깽판을 놓는 양산형 판타지와 게임 세계관이 결합된 판타지와 김용 무협지에서 영향받은 신무협 소설을 학교 앞 비디오 대여점에서 보고, 학교 도서관에서 빌린 책을 교실 뒤편에서 돌아가며 읽다가, 베르나르 베르베르와 파울로 코엘료와 댄 브라운 같은 외국 작가가 쓴 소설과 이상문학상에 이름을 올린 한국 순문학 작가들 소설과 세상 읽는 법을 알려주는 인문 사회 분야 책으로 점점 세계가 넓어졌다.

《다빈치 코드》를 꺼내 들다가 친구한테 스포일러를 당하기도 하고, 7권 합본 《은하수를 여행하는 히치하이커를 위한 안내서》를 읽다가 야간 자율 학습 감독 선생님에게 1000쪽이 넘는 책으로 몇 대 맞기도 했다. 아직 체벌이 관행으로 남아 있는 시절이었다. 선생님은 네가 지금 '이런 거'나 읽을 때냐면서 혼냈지만, 그때가 아니면 어떻게 그런 책들을 읽고 그런 친구들을 만났을까.

나와 친구들, 사서 교사 선생님은 필연적으로 친하게 지내게 됐다. 의무감을 느끼기 싫어 도서부를 지원하지는 않았지만, 학교 도서관을 뻔질나게 드나들면서 처음으로 도서관에서 일하는 사람에 관한 이야기를 들었다. 텔레비전에서 한국에 별로 없는 어린이 도서관을 짓는 프로젝트 '기적의 도서관'이 진행된 지 얼마 되지 않은 때였다.

한국에서 나온 모든 책이 모인다는 국립중앙도서관 이야기도 들었다. 그곳에는 책이 700만 권 있다고 했고, 도서관을 함께 다닌 친구 예랑에게 딱 책이 그만큼만 있는 소박한 북카페 하나 하고 싶다고 농담을 건넸다. 사서 교사 선생님은 다음 해에 계약이 만료됐다. 그 자리에는 국어 선생님이 들어왔고, 3학년이 되자 공립 고등학교에 원어민 강사를 의무로 채용하라는 지침이 내려오면서 필리핀 출신 원어민 교사 선생님으로 교체됐다.

급식 시간이 되면 식당에 가기 전 학교 도서관에 먼저 들러 짧은 영어로 이야기를 나누고서 야간 자율 학습 때 읽을 책을 몇 권 골라 빌렸다. 한국 순문학을 좋아하는 몇 안 되는 사람으로서 의무감에 글을 쓰고 싶다는 마음도 잠시 품었다가, 공모전과 백일장에 몇 번 떨어지고 나서는 현실적으로 도서관 일이 더 좋겠다는 정도로 타협했다.

공장에서 첫 월급을 타고 가장 먼저 인터넷 서점 장바구니에 담아둔 책들을 결제했다. 그러고는 잠시 독서 경험이 멈췄다. 스무 살이 되면 책을 더 많이 읽을 줄 알았는데, 생각보다 그렇지 않았다. 오히려 독서량이 줄었다. 쉬는 시간이면 도서관에 모여 시간을 보내던 친구들은 흩어졌고, 새로 만난 사람들하고는 책 읽기보다 그저 노는 시간이 즐거웠다. 판타지 소설은 이제 유치해 보이고 시키지 않은 공부를 찾아서 해야 하는 대학 생활은 어려운데다가, 심지어 롯데가 야구를 잘했다. 늘어난 시간만큼 놀 거리도 많았고, 인터넷에는 소소한 읽을거리가 널려 있었다.

청년들이 세상 돌아가는 일에 관심이 없고 자기만 안다면서 준엄하게 꾸짖는 글을 본 뒤 햇빛 밝은 날 집으로 돌아가는 길에 이런 삶이 맞는 걸까 싶은 생각이 들었다. 겨울에 별빛을 보며 학교에서 돌아온 날들이 행복하다고 할 수는 없었지만, 지금 내가 보내는 시간이 뭔가를 남길 듯하냐 물으면 선뜻 대답할 수 없었다.

어느 날 남천동 인디고서원에서 '청년들의 저녁 식사'라는 모임이 열렸다. 예랑에게 연락을 했고, 다 같이 〈원스〉나 〈그리스인 조르바〉 같은 영화를 보고서 《나중에

온 이 사람에게도》와 《오래된 미래》 같은 책들을 읽은 뒤 이야기를 나눴다. 서점에서는 와인과 치즈를 내줬다. 나눈 이야기가 잘 기억나지는 않지만, 자기를 '제이'라고 부르면 된다던 형이나 논리 정연하게 의견을 주고받는 사람들은 정말 어른 같았다.

다음 해에 학교에서 독서 모임을 시작했다. 책을 같이 읽겠다고 모이는 사람들이 있다는 이야기를 들었다. 친구가 진행하는 모임을 찾아가 다음 학기에 같이 해보자고 했다. 친구는 마침 개편을 생각하던 참이라면서 이름도 바꾸고 커리큘럼도 다시 짜기로 했다. 일주일에 책한 권을 읽고 이야기 나누는 발제 모임 방식을 채택했고, 이름은 '안다미로'로 지었다. '그릇에 넘치도록 많이' 지식을 담겠다는 뜻이었다. 어차피 책은 전날 읽을 테니 모임은 월요일에 하자고 했다. 지금 생각하면 젊으니까 할수 있는 일이었다.

"10년 가까이 했으면 내일 사라져도 자연사 아니냐?"

별 생각 없이 시작한 독서 모임은 생각보다 훨씬 오래 살아남았다. 10년쯤 지나 후배들에게서 독서 모임이 사라질 듯하다는 이야기를 들을 때는 아쉽기는 해도 농반진반으로 넘길 수 있었다. 독서 모임에서 만난 인연들을 따라 야학과 문학회 같은 곳에도 참여하고, 다른 대학 인문 사회 동아리하고 교류도 했다. 이 정도면 책 읽는 일로 먹고살 준비를 한 셈이라고 생각했는데, 세상이 보는 시선은 달랐다.

대단한 욕심을 내지도 않았다. 대학에서 배운 전공을 살려 할 수 있는 일을 하면서 적당한 월급까지 받으면 좋겠다, 내일이 오늘보다 낫다는 희망이 있는 정도면 좋겠다, 적어도 올해 계약이 끝나고 내년에 다시 일할 곳을 찾아야 하는 일자리만 아니면 좋겠다고 생각했다. 책을 좋아하는 사람들이랑 세상에 별 쓸모없는 것들에 관해 편하게 이야기하는 일을 하고 싶었다. 그런데 이런 조건에 맞춰 내가 찾아갈 수 있는 일자리는 공장에서 일할 때보다 나은 곳이 별로 없었다. 부산에서 도서관 사서로 일하려면 공무원 시험을 합격해야 했고, 공무원이 아니라면 퇴직금 주기 힘들다며 근무 기간을 10개월로 꺾어대는 곳이나 주휴 수당 주기 싫어 1년짜리 계약을 일용직으로 꺾어대는 곳에서 계약직으로 일하다가 경력과 스펙을 쌓아 대학 도서관 등에 가는 방법뿐이었다.

대학 들어올 때 시험 한 번 친 경험이 패착이 돼 공무원 시험을 만만히 봤다. 세 번 떨어졌다. 심지어 그중 한

번은 잠시 노량진까지 거쳤다. 말없이 응원하던 가족들도 지친 듯했다.

"니도 이제 1인분 해야지?"

누나가 한 말은 천 번 다시 생각해도 옳았다.

원서 쓰는 범위를 넓혔다. 특히 서울이라면 할 수 있는 일이 훨씬 많아 보였다. 시험을 치지 않아도 도서관에서 일할 기회가 많았고, 사람 모으기가 가장 힘든 독서 모임을 돈을 주고 하는 사람들도 여럿이었다. 반대편에서는 꿈을 접거나 찾아 떠나는 사람들 소식도 들렸다.

《삼미 슈퍼스타즈의 마지막 팬클럽》

좋아한 작품을 쓴 작가가 가끔 나를 실망하게 하기도 했다. 그렇지만 책이 남겨준 이야기는 여전히 마음 한편에 자리하고 있어, 여기에서도 사람의 흔적보다는 책 이야기만을 온전히 기록하기로 했다. 사설이 긴 이유는 가장 좋아하는 작품을 쓴 작가가 표절을 인정한 때문이었다.

"치기 어려운 공은 치지 않고, 잡기 어려운 공은 잡지 않는다." 나는 이 문구를 참 좋아한다. 《삼미 슈퍼스타즈의 마지막 팬클럽》에 나온 말이다. 이렇게 살고 싶었다. 치기 힘든 공을 치거나 잡기 힘든 공을 잡으려 똥줄 타지 않고도 '잘 먹고 잘 산다'고 말할 수 있으면 좋았겠지만, 하물며 그 소설 마지막에 나오는 말처럼 '먹고사는 문제는 중요한 것'이었다.

초창기 네이버 웹툰을 대표하는 작품이면서, '엄마친구 아들'이라는 유행어를 남긴 《골방 환상곡》에는 '평범하게 살고 싶다'는 말에 '그렇다면 죽도록 노력해라'고 답하는 에피소드가 있었다. 그때 내가 꿈꾼 평범은 제

때 취직해서 적당히 가정을 꾸리는 삶이었다. 죽도록 노력하라는 그 말이 맞았다. 다만 그 안에서도 내 삶을 잃고 싶지는 않았다. 《모모》에 나오는 회색 신사들에게 인생을 조금 더 뺏길 듯한 시간이 오면, 이 문구를 생각하면서 나를 다시 다잡았다. 거르고 거르다 보면 치기 쉬운 공이 오겠지. 그렇지만 기다림은 무한하지 않았다.

"1600만 원이요?"

"어."

"연봉이요?"

"응. 나도 그 정도면 최저임금 안 된다는 이야기가
목 끝까지 올라왔는데, 이쪽에서 이미 표정
이상한 걸 감지했는지 먼저 '야근하고 수당
맞추면 최저에 맞출 수 있다'는 이야기를 하더라.
나도 자기가 말하면서도 이상한 걸 못 느끼나
하기는 했는데, 저 사람들 잘못은 아니잖아."

"그렇기는……하죠."

떨어져 나가거나 떠나거나

꿈을 접은 친구라면 생각나는 이야기가 하나 있다.

"오랜만에 밥이나 먹자."

전역하고 얼마 안 된 때였다. 신재가 갑자기 연락을 했다. 내가 이 친구한테는 나름 공덕을 쌓아뒀다.

고3 막바지 신재에게 공부를 가르쳐 수학을 8점에 8 등급에서 70점대 가까운 4등급으로, 영어를 7등급에서 3 등급으로 만들어준 이력이 있기 때문이었다.

우리가 다닌 고등학교는 공부 잘하는 친구들을 따로 특별 자습실에 보냈다. 나는 그 공부 잘하는 친구들이 사라지면 교실에 남은 사람 중 그래도 가장 나은 축에 드는 성적을 유지하고 있었다. 도서관에서 빌린 책을 읽다가 이따금 친구들이 모르는 문제를 알려주는 엔피씨Non-Player Character.NPC(게임 안에서 플레이어가 직접 조종할 수 없는 도우미 캐릭터) 같은 구실을 하는 평화로운 나날이 반복되다가 어느덧 수능이 100일 앞으로 다가왔다.

모의고사 성적표를 받은 신재가 근거 없는 자신감에 가득 차 공부를 할 테니 자기를 도우라고 선언했다. 비보잉이 유행한 시절이라 댄스팀 데뷔가 지상 목표여서 공부에는 거의 관심이 없는 녀석이었다. 갑자기 무슨 바람이 불어서 그러냐고 물으니 돌아오는 답이 대단했다.

"수학 다 찍었는데 8점이 나왔어."

"근데?"

"내 밑에 만 명 더 있어."

"……?"

"생각해봐. 수능 100일 남은 지금 시점에 8점을 맞아도 밑에 4퍼센트가 있으면, 지금부터 공부해도 희망이 있다는 거 아냐. 너도 지금 당장 공부 안 하고 있잖아. 내가 따라갈 수 있지 않겠어?"

너는 정말 긍정적이구나 하고 말 생각이었는데, 그래도 도와달라니까 나도 할 수 있는 만큼은 했다. 사실 공부라기보다는 점수 올리는 꼼수를 몇 개 알려준 정도였다. 믿고 따르는 하느님이 돌봐준 덕분인지 어쩐지 그 뒤 100일 동안 신재는 성적이 비약적으로 상승했다. 친구는 적당히 부산에 있는 대학에 들어갔다.

그해 여름쯤 신재가 다시 연락을 했다. 서울로 대학을 가고 싶은데 반수를 도와줄 수 있겠냐고 물었다.

"되겠냐고."

그러고는 3년인가가 지났다. 우리는 번화가에서 조금 떨어진 건물 꼭대기 층 커피숍에서 다시 만났다. 신재는 꽤 좋은 양복에 값비싼 시계를 차고 있었다. 새로 본 수능에서는 처참한 성적을 받았고, 학교는 적응이 안 돼 일단 쉬고 있다고 했다. 학창 시절이며 군대 이야기를 하다가 이제 슬슬 밥을 먹자고 나를 데려간 곳은 세븐일레븐이었다.

영화관 커피를 얻어먹고는 달걀샌드위치 좋아하냐고 묻다니, 밥 사겠다는 놈이 할 말인가 싶지만 학생이니까 대충 넘어가기로 했다. 걸으면서 이야기를 좀더 하자고 해서 그러자 하니 뜬금없이 본론을 꺼냈다.

"너 혹시 네트워크 마케팅이라고 아냐."

"알지. 다단계잖아."

"아니. 이건 다른 거야."

녀석은 열변을 토하며 네트워크 마케팅과 다단계의 차이를 설명하기 시작했다. 결국 사무실까지 끌려가 다른 사람에게 본격적으로 강의도 들었다. 대충 못 알아듣는 척하고는 이왕이면 공공성을 띤 일을 하고 싶은데 이 사업의 공공성과 목적이 어떻게 되냐고 물었다. 그러자 오히려 그쪽에서 나를 거절했다. 이내 답답해진 녀석이 술이나 한잔하자고 해서 근처 호프집을 찾았다. 마른안주에 맥주 두 병을 놓고 앉았다.

"나는 이거 하면서 니 생각이 난게, 나도 예술을 하려는 사람이잖아. 돈이 필요하거든. 너도 그럴 거라고 생각했어. 너 뭐 글 쓴다고 하지 않았나? 밥벌이가 될 일은 아니잖아."

이런 상황은 선재 혼자만의 이야기일 수도 있지만, 딱히 그렇지도 않았다. 친구에게는 이미 한 번 타협한 만큼 밥벌이 정도는 걱정 안 해도 된다고 에둘러 말했지만, 그 뒤에도 잘된 사람들은 잘된 사람대로 잘 안 풀린 사람들은 잘 안 풀린 대로 부산을 떠나기 시작했다.

선배들이 먼저 떠났다. 취업 실적이 좋은 학과나 동아리 선배들은 서울, 화성, 분당 등 수도권으로 갔다. 이따금 학교에 플래카드가 걸렸다. 국가직 공무원 시험에 붙은 친구들이 전국 곳곳으로 떠났다. 수가 적지 않아서 굳이 플래카드까지 걸지는 않았다. 웹소설, 멀티채널 네트워크MCN, 뉴미디어 등 새로운 길을 찾는 후배들이 떠났다. 취업을 기념하는 밥과 술과 안주를 얻어먹으며 탄탄대로만 앞둔 이들을 한껏 축하했다.

어느 날 주변을 둘러봤다. 부산에 남은 친구들은 지방직 공무원 합격자 아니면 무엇인가를 준비하거나 공부하는 사람뿐이었다. 부산 지하철에 젊은이가 별로 없다는 생각이 문득 들었다. 서울에서 부산에 다시 돌아와 내가 갈 수 있는 남은 자리들을 살펴봤다. 이따금 그런 이야기를 했다.

"요새 고민이 두 가지 있어."

"뭔데."

"하나는, 이렇게 마흔쯤 되면 월 삼백 벌 수 있을까."

"다른 하나는."

"이렇게 마흔쯤 되면, 월에 이백 벌 수 있을까."

에스엔에스에 볼멘소리를 좀 적어댔다. 알고 지내는 형이 밥이나 먹자고 해 집 앞에 있는 돼지국밥 가게에서 만났다. 형도 퇴사한 뒤 재취업을 하려고 교육 과정을 밟고 있었다. 국비 교육으로 개발자 과정을 수료하고 직업 연계 코스로 넘어가는 중이라 했다. 국비 학원에서 추천한 부산에 있는 일자리가 '연봉'으로 1600만 원을 부르는 바람에 이대로 안 되겠다 싶어서 서울에 면접을 보러 자주 간다고 했다.

며칠 지나지 않아 나도 서울에서 연락을 받았다. 계약직 사서 자리였다. 다행히 면접을 괜찮게 봤다. 최종 합격 통보를 받고 며칠 말미를 얻어 짐을 싸서 서울 갈 준비를 했다. 어머니는 썩 마음에 들지 않는 눈치였다.

"안 가면 안 되겠나. 옳게 된 일자리도 아니고."

"옳게 안 된 자리라도 여기에 좀 있으면 안 갈 텐데 말이죠."

나도 쓸쓸하게 대답했다.

《힐빌리의 노래》

우연히 팟캐스트에서 《힐빌리의 노래》에 관한 이야기를 들었다. 종종 찾아가던 회동수원지에서 산책을 하다가 근처 카페로 들어가 책을 펼쳤다. 공무원 시험 준비도 더는 안 하겠다, 입사 지원서는 쓸 만큼 썼겠다, 책 읽을 여유가 그래도 조금은 생긴 시점이었다. 마침 눈에 띈 《힐빌리의 노래》는 자기를 둘러싼 환경이 바뀌면서 새로운 사람들을 만나 성장하는 이야기를 담은 책이었다.

쇠락한 공업 지대에서 살아가는 가난하고 소외된 이들이 등장하는 이 책에서는 도서관을 다룬 부분이 단연 눈에 띄었다. 저자는 학문하고는 거리가 먼 어머니가 글자를 알기 전에 도서 대출 카드를 만들어 도서관에서 어린이 책을 빌릴 수 있게 해주더라고, 지역 사회 분위기하고 다른 바로 그런 가르침이 자기를 구원한 요인인지도 모른다고 했다. 소속감도 안정감도 없던 사람을 구원할 수 있는 공간이 도서관이라고, 서울에 가 본 면접에서 마지막으로 가장 최근에 읽은 책 이야기를 해달라는 질

문에 대답했다. 그 순간 집에서 조금은 오래 떨어져 지낼
수도 있겠다는 생각이 들었다.

2부　　　　　처음 찾은 서울

"왜 다 서울로 가는 거야."

"너도 알피지 게임 몇 개 해봤잖아?"

"그렇지."

"원래 망한 게임은

1번 서버에만 사람이 몰려."

"아."

'망겜 1섭'론과 촌놈 상경기

누군가 그런 이야기를 했다. "망한 게임은 1번 서버에만 사람이 몰린다." 한국이 망한 나라는 아니고 오히려 세계 기준에서도 이만한 곳은 없으리라 생각하지만, 어쨌든 1번 서버 세상과 2번 서버 세상은 많이 달랐다.

그래도 부산에 살던 처지에서는 그런 마음이 있었다. 여기 부산도 광역시이고 나름 제2의 도시라는 상징성도 큰데 아무리 서울이라고 해도 부산에 견줘 무슨 별세계인 양 이야기할 정도는 아니라는 생각. 살면서 직접 겪어 보니 서울과 부산은 인프라에서 스무 살 시내버스 여행 때 스치며 본 정도보다 훨씬 더 차이가 컸다.

인적 네트워크의 세계와 지식 정보 산업의 집약성과 제조업 취업 남방 한계선 같은 거시적인 이야기까지 끌어오지 않더라도, 이미 삶의 요소들이 달랐다. 혼자서 유튜브 크리에이터를 하거나 웹툰을 그리거나 웹소설을 쓰거나 모바일 쇼호스트를 준비하는 친구들은 모두 서울에 가 있었다. 열정과 재능을 갖춘 창작자라면 지방에서도 충분히 잘할 수 있을 듯한 콘텐츠 산업은 물론 아닌 척하고 싶어도 외면할 수 없는 시나브로 쌓인 격차들이 보이기 시작했다.

가장 눈에 띄는 차이는 어디 갈 때마다 나를 맞이하는 거미줄 같은 지하철 노선과 지하철역 수만큼이나 많은 사람이었다. 이 정도면 서울 안에서는 어디를 가든 자동차가 딱히 필요 없겠다 싶을 정도였다. 웬만하면 촘촘한 지하철이 막히는 택시보다 빨랐다. 한 호선에 있는 곳이라면 별 부담 없이 한두 시간 거리까지 이동 범위가 확 늘어났다.

부산 집에서 가장 가까운 도서관은 버스를 타고 20분을 간 뒤에도 족히 10분은 더 걸어야 나오는 산등성이에 있었는데, 내가 출근해야 할 도서관은 걸어서 10분 거리에 자리했다. 원룸에서 걸어 3분 거리에도 도서관이 하나 더 있었다.

고등학교에서, 대학에서 나름대로 할 수 있는 일을 많이 했다. 대학 독서 모임 활동을 하던 때에는 작가하고 함께하는 소규모 독서 모임도 꾸리고, 지원 사업에 선정도 되고, 일찍이 큐레이션이나 커뮤니티 구성도 경험한 사람이라 자부하고 있었다. 전공을 살린답시고 방학 때 도서관 봉사 동아리 활동으로 다문화 학교 도서관에서 장비 작업을 도왔고, 도매 서점 아르바이트와 도서관 근로 장학생도 했다.

주어진 환경에서 나름 할 수 있는 일은 다 하고 살았는데, 10년 동안 쌓은 경험치는 서울에 온 지 몇 달도 안돼 밑천이 다 드러났다. 부산에서 10년 동안 차려서 먹은 경험치 이상을 서울에서 10개월 동안 떠먹여 받는 기분이었다. 기분이 좋은데, 기분이 나빴다.

"애가 진짜 잘사는구나 느낄 때는 뭔가 쓰려고 하면 걸리는 게 없는 것 같아."

언젠가 예랑한테 말했다. 없는 살림에는 항상 가성비를 따져야 했다. 지역에서 활동할 때는 늘 이런 고민을 했다. 부산 독서 모임에서 사업을 진행할 때 책정한 비용대로 작가 초청 강연을 하려면 가성비가 발목을 잡았다.

차비 빼면 남는 돈이 없을 텐데 작가를 섭외해도 괜찮을까 하는 민망함. 프로젝트를 구상하고 실행할 때 사람들이 모이지 않을 수 있다는 회의감. 이 프로젝트가 잘 안 될 때 느낄 불안감.

그런 고민이 여기 서울에는 없었다. 부산 집 주변에서는 작은도서관이라는 곳을 본 적이 없는데, 성북구에는 작은도서관이 등록된 곳만 40곳이 넘고 그중 절반 남짓은 활발하게 돌아가고 있었다. 작은도서관 운영자와 활동가를 위한 워크숍을 열면 마흔 명 넘는 사람이 신청했다. 강사들에게 연락하면 다들 흔쾌히 찾아왔다. 준비 안 된 상태에서 값진 사람들이, 값진 경험들이, 값진 기회들이 내 곁을 스쳐갔다.

사람과 사람 사이의 거리가 가까우니 모으기가 쉬웠다. 어느 정도 서울 생활에 적응한 시점에 모임을 두 개 시작했다.

먼저 1인 가구 반상회. 사는 동네를 따라서 '반달'이라는 이름을 붙인 카카오톡 오픈 채팅방을 만들었다. 혼자 사는 처지에서 심심하기도 하고 필요한 정보를 나누면 좋지 싶었다. 동네 이름과 사람들이 검색할 만한 단어로 해시태그를 몇 개 달았다. 신기하게도 가만히 있어도

야금야금 모이더니 어느덧 두 자릿수에 가까운 사람들이 채팅방에 들어왔다.

채팅방이 매일같이 활성화돼 있지는 않았지만, 나는 이 모임을 나름 쏠쏠하게 써먹었다. 원룸에서 가까운 의류 수거함 위치 등 인터넷을 뒤져도 안 나오는 생활 정보를 이따금 공유하고, 왠지 두 번 쓸 일은 없지 싶은 공구도 빌리고, 일이 바빠서 쓸모가 다한 헬스장 회원권을 양도받았다. 수박이 먹고 싶은데 혼자 쓰는 냉장고가 작으면 한 통을 사서 반으로 나누고, 집에서 보낸 고구마가 너무 많다며 나눔 공지가 뜨면 얼른 받아 끼니를 때웠다. 친해진 몇몇은 심심할 때면 모여서 커피나 맥주를 한잔했다.

이따금, 아무도 나를 반기지 않는 원룸 침대에 누워 카카오톡 채팅방 창을 살펴보기만 해도, 이곳에 아무것도 없이 혼자 덩그러니 떨어진 사람이 나 혼자만은 아니라는 사실에 잠시 안도할 수 있었다.

이 1인 가구 반상회는 내 아이디어가 아니었다. 부산에서 독서 모임을 할 때 만난 다른 대학 인문 사회 동아리 형이 먼저 시도한 형태였다. 과일 나눠 먹기나 동네 생활 정보 공유도 빌려온 아이디어였다. 훗날 책방에 찾아온 그 형한테 물으니 사람을 모집해도 띄엄띄엄 흩어져 있어서 연결이 쉽지 않더라고 했다. 똑같은 아이디어이지만 다른 공간에서 하니 모집단 자체가 달랐다. 20대와 30대 청년만 300만 명이 모여 사는 밀집된 도시에서는 무엇을 해도 됐다.

다른 하나는 독서 모임이었다. 처음은 트레바리였다. 도대체 어떤 사람들이 돈을 내고 책을 함께 읽는지, 이정도 되는 서비스를 하는 업체에서는 회원들에게 무슨 서비스를 주는지 궁금했다. 모임에는 정해진 분량을 넘는 독후감이나 글을 써야만 참여할 수 있었다. 심지어 내가 가입한 클럽의 운영장은 목포에서 서울을 오가며 활동하고 있었다.

유료 독서 모임은 비싸지만 값어치를 했다. 여전히 나는 사람들하고 세상 쓸모없는 것들, 이를테면 문학이나 철학이나 세상 돌아가는 이야기를 나누는 시간을 좋아했고, 그런 사람들을 만날 수 있었다.

그런데 나는 부산에서도 돈만 안 받을 뿐 여태 이런 일을 한 사람이었다. 당장 사회관계망 서비스^{Social Network Service.SNS}에서 몇 명만 불러 모아도 지금 하고 있는 만큼, 아니 더 재미있는 콘텐츠를 짤 수 있다고 생각했다. 어차

피 계약 기간은 1년도 안 됐다. 슬슬 돌아갈 계획을 짜야
했는데, 서울이 나를 붙잡았다.

《동네책방 운영의 모든 것》

서울과 부산의 격차는 도서관 수에서 가장 크게 느껴졌다. 물론 이 업계에 몸담은 때문이기도 하지만, 부산에서 내가 사는 구에는 도서관이 한 곳 있을 때 서울에는 한 구에 10곳 넘는 도서관이 운영 중이고 작은도서관도 40개 정도 된다는 사실은 꽤 문화 충격이었다. 작은도서관만큼 특색 있는 작은 서점도 많았다. 부산에도 많지는 않지만 동네 책방이 있다는 사실을 알게 된 나는 책방 주인이 쓴 책방 이야기를 찾아 읽었다. 독립 서점을 운영하면서 겪는 어려움을 토로하거나, 창업과 운영 과정을 기록하거나, 책방 주인이 읽은 책들에 관한 서평을 모은 책들이었다.

그중에서 도움이 된 책을 두 권 꼽을 수 있다. 하나는 책방을 차리기 전 거의 모든 독립 서점을 다 찾아다닌 동네 책방 사장이 쓴 《1인 가게 운영의 모든 것》이고, 다른 하나는 로컬 숍 연구 잡지 브로드컬리가 낸 시리즈 《서울의 3년 이하 서점들》이었다.

《1인 가게 운영의 모든 것》은 《동네책방 운영의 모든 것》으로 개정판이 나왔는데, 사업자 등록이나 입지 찾기, 행사 진행, 도매 계약, 정산까지 실무에 관련된 이야기들이 친절하게 담겨 있었다. 《서울의 3년 이하 서점들》은 요즘 같은 때 굳이 서점을 연 사람이 어떤 이들인지, 책방을 하는 데 어려움은 없는지 묻는 인터뷰집이었다. 책방 운영은 쉬운 일이 아니라고 입을 모아 말했고, 다들 그런 와중에서도 활로를 찾으려 노력했다. 책방 운영에 관련된 도움말이나 좋은 책 고르는 방법에 관해서는 별로 이야기하지 않는다. 어쩌면 책방 운영 실무보다 더 중요할지도 모를 책방 하는 마음들을 엿볼 수 있었다. 그리고 그중 몇몇 책방은 그사이 문을 닫았다.

"전입 신고를 안 했다고?"

"네."

"왜?"

"어차피 조만간 부산 돌아갈 거니까

필요없다 생각했습니다."

"이곳이 줄 수 있는 게 많아. 한번 잘 찾아봐."

서울의 인력과 부산의 척력

처음 서울에 간 해에는 전입 신고도 하지 않았다. 10개월 남짓 하는 계약이 끝나면 부산에 돌아간다고 막연히 생각했다. 그 이야기를 들은 팀장님은 그래도 서울이라는 도시가 줄 수 있는 것이 훨씬 많다고 했다. 계약이 끝나는 시기가 다가왔다. 똑같이 계약이 끝나는 동료들 사이에 계약 연장이나 정규직 전환 같은 이야기가 오갔다. 나는 계약 만료하고 동시에 사업이 종료되는 일자리였다.

활동가 출신 상사가 동료에게 함께하자고 제안했다.

"나도 오랫동안 활동가로 지내본 사람이지만, 이렇게 산다고 해서 굶어 죽지는 않는다."

'이렇게 산다고 해서 굶어 죽지는 않는다'는 한 마디가 까칠한 가시처럼 마음 어딘가에 박혔다. 일하면서 만난 활동가 선생님들은 열정 넘치고 헌신적이었다. '반달'에서 만난 어느 친구는 마피아 게임 진행이 본업이었다. 자기 돈 내고 독서 모임을 하는 사람도 있었다. 이런 도시라면 신재는 다단계를 권하지 않아도 됐을까.

한 달에 한 번, 아니면 두 달에 한 번씩 부산에 왔다. 만 25세부터 33세까지 청년은 케이티엑스 요금을 최대 40퍼센트 할인받았다. 대개 새벽이나 늦은 밤 기차였다. 나중에는 비행기를 타고 다녔다. 코로나가 창궐한 무렵에는 평일 비행기가 생각보다 더 쌌다. 마침 도서관은 월요일마다 쉬었다. 내려오는 두 시간 반, 올라오는 두 시간 반. 생각을 정리하는 데 좋은 시간이었다.

부산에 돌아올 때마다 계약 기간이 끝난 뒤에 뭘 할지 고민했다. 친구를 만나면 조금씩 속 이야기를 꺼냈다. 그럴 법한 이야기로 시작해 허무맹랑한 결론으로 마무리하는, 대체로 영양가 없는 농담이었다. 다시 말하지만 나는 세상 쓸모없는 것들에 관해 이야기하기를 좋아했다. 어차피 미래가 불확실하다면 망하더라도 좋아하는 일을 하자고 마음먹었다. 사서도 어떻게 보면 문화 기획자라서 일하다가 가장 늘어난 역량이 뭐냐고 물으면 별것 아닌 일에 의미를 부여하는 능력이라 답할 수 있었다.

"시험은 다시는 안 치려고. 근데 부산에 시험 안 치고 내가 들어갈 수 있는 괜찮은 자리는 없는 것 같아. 어쩌기는, 창업해야지. 그래도 아직 앞으로 몇 년까지는 나도 '청년 창업'으로 쳐주더라고. 저출산 고령화잖아. 부산 인구도 계속 빠져나가고 있고, 이대로 가면 폐교 같은 곳도 많이 생기겠지? 근데 관리할 사람은 없고. 하나쯤 인수해서 문화 공간으로 만들면 어떨까 싶은 거지. 너네 창작 공간으로 쓸 수도 있는 거고. 연말에 플리 마켓이나 공연 같은 큰 행사도 하나 할 수 있고. 돈은 뭐, 협동조합 그런 거 만들면 어떻게 후원받고 가능하지 않을까."

글쓰기나 책 읽기를 좋아하는 몇몇 친구에게 이야기를 하자 관심을 보였다. 팀을 꾸렸다. 내가 말한 곳하고 비슷한 장소가 부산에 있다는 사실도 알게 됐다. 감만동에 자리한 동천초등학교 건물을 활용해 꾸민 부산문화재단 감만창의문화촌이었다.

북카페에서 모이기로 했다. 어떤 극단이 공연 연습을 하고 있었고, 교실마다 문화 관련 단체들이 입주해 활동하는 모양이었다. 작은도서관에 복지관, 강당, 게다가 운동장을 활용한 설치 미술까지, 생각보다 규모가 큰 공간을 한 바퀴 돌아보고 나서 후배들이 입을 열었다.

"그러니까······이걸 하자고요?"

"뭐, 이 정도 사이즈까지는 아니고, 여기 북카페 정도 공간이면 하고 싶은 건 다 하겠는데."

"그럼 아예 이런 느낌이 있는 공간을 만들어볼까요."

맹랑한 꿈이 현실에서 재조정을 거쳤다. 부산에 다시 돌아올 때쯤에는, 간절히 원하면 우주가 도와준다는 따위 이야기는 믿지 않지만, 꿈은 점점 실현 가능해졌다. 대학 때부터 한 독서 모임과 문학회 덕분에 내 주변에는 글쓰기나 책 읽기가 취미인 이들이 많았다. 마음 맞춘 친구들하고 단톡방을 열어 꿈을 실현할 탐방을 다녔다.

어느 날 단톡방에 사진 몇 장이 올라왔다.

"이런 건 어때요?"

2018년이었다. 독립 서점이라는 이름을 내건 몇몇 공간이 어느 정도 자리를 잡고 비슷한 곳이 속속 생겨나기 시작했다. 낭만이 가득해 보였다. 이 정도 공간이라면 어떻게든 할 수 있겠다 싶었다. 친구들 모아서 해보고 싶은 일들도 대부분 할 수 있을 듯했다. 독립 서점 관련 책을 읽고, 인터뷰를 찾아보고, 흥미가 돋는 서점 몇 군데를 함께 돌아다니며 책을 사거나 워크숍에 참여했다.

다들 서점을 차리면 원래 한 생각하고 다르더라는 이야기를 했다. 그럴지도 몰랐다. 아무리 타협을 해도 그런 모습이 더 나은 삶을 보여주지는 않았다. 나는 숙련된 기술도 대단한 수완도 없는 인간이었다. 차라리 어릴 때부터 하고 싶던 일을 하는 편이 훨씬 나았다.

마음먹은 첫해에 김해에 책방 자리가 나왔다. 보증금 300만 원에 월세 20만 원이었다. 할 만하다고 봤는데, 권리금이 2000만 원이었다. '서울에서 딱 2000만 원만 모아 돌아가자, 돌아가서 작은 공간을 열자, 금의환향까지는 아니지만 내 집이 있는 곳에서.' 그렇게 생각했다.

서울살이를 유지할 만한 일자리는 늘 있었다. 한 구에 도서관이 열 곳은 넘게 있으니 사서 자격증을 쓸 자리도 많았다. 연말에 계약직 공고가 뜨면 전부 지원했고, 부르는 곳마다 면접을 다녔다. 면접장에서 도서관은 공공성을 강화하고 소외된 이웃을 살펴야 한다는 이야기를 하면서, 그런 도서관은 이 도시가 아니라 내 고향에 더 필요하지 않은가 하는 의문을 이따금 던지면서. 서울은 많은 것을 줄 수 있었다. 이직을 몇 번 하다 보니 생각지도 못한 만남과 기회가 찾아왔다.

《알린스키, 변화의 정치학》

대학을 졸업할 즈음이었다. 지방에 살거나 좋은 대학을 못 가거나 번듯한 직장을 잡지 못한 평범한 사람들에게 관심을 주는 책들이 별로 없다고 독서 모임을 운영하는 후배 호선하고 이야기했다. 호선은 책 한 권을 추천했다. 《알린스키, 변화의 정치학》이었다. 청년유니온이라는 단체를 만들어 아르바이트 노동을 하는 사람들이 주휴 수당을 받을 수 있게 하려 운동을 벌이는 내용이 가장 눈길을 끌었다. 법으로 정해져 있지만 대부분 내용조차 모르던 권리를 찾아내고, 이 권리를 누리기 위해서 싸울 대상을 정해 협의하는 과정이 이상적으로 보였다.

　《알린스키, 변화의 정치학》을 낸 조성주 정치발전소 소장을 독서 모임에 초대했다. 지방에서 열리는 소규모 독서 모임인데도 흔쾌히 응했다. 그때부터 인연이 이어져 서울에 와서 이따금 연락했다. 이런저런 이야기도 나눴다. 부산에서 서울로 오고 나서 느끼는 변화들, 일하면서 드는 고민들, 세상에 관한 작거나 커다란 담론들, 부

산에 돌아가 서점을 할까 한다는 생각까지. 타협을 사랑
한 급진주의자 사울 알린스키가 고향으로 돌아가서 마
음 맞는 사람들을 모으라고 한 적 있지 않냐는 농담을
한 기억은 나지 않지만, 덕분에 나는 또 한 번 좋은 기회
를 얻었다.

"너 말대로 서점마다

블라인드 북이라는 게 있더라고."

"요새 유행이죠."

"우리가 갖고 있는 콘텐츠들로 북토크랑 엮어서

패키지 구독 서비스로 만들어도 괜찮을 것 같아."

"오, 좋은데요. 이름도 정하셨나요."

"마키아벨리의 편지."

'여의도 두 시 청년'과 전치사형 인간

책을 읽지 않는 시간 동안은 인터넷이 일상의 큰 부분을 차지했다. 인터넷은 읽을거리가 넘치는 곳이었다. 블로그나 커뮤니티에 올라오는 글은 책보다 짧은 때가 많았지만, 그래도 소소한 생각거리를 던져줬다. 피시 통신에서 활약한 재능 있는 사람들이 쓴 글이 책으로 출간된 이야기를 전설처럼 들었는데, 이글루스 같은 블로그 플랫폼에서 글 잘 쓰는 사람이, 페이스북 같은 에스엔에스 플랫폼에서 글 잘 쓰는 사람이 하나 둘 나왔다.

에스엔에스 시대가 되자 사람과 사람 사이의 거리가 급속히 가까워졌다. 피시 통신에서, 블로그에서 글 잘 쓰는 사람들이나 친구들하고 독서 모임을 할 때처럼 소소한 이야기를 나눴다. 아무도 알아주지 않을 듯한 시시콜콜한 취향이 어쩌다 겹치기라도 하면 세상 한 번 마주칠 일도 없을 사람들하고 혼자서 내적 친밀감을 쌓았다. 나만 그러지는 않았는지, 그런 식으로 새로운 사람들을 종종 만났다.

도서관을 전전하며 서울에 붙어 있던 3년 차, 기회는 갑자기 찾아왔다. 대학 독서 모임 북토크에 초청하면서 친해진 조성주 형이 어느 날 연락을 했다.

"이번에 내가 대표로 선임된 정치발전소에서 책 관련 강연을 하는데, 한번 들어볼래?"

《과학의 발견》이라는 책을 주제로 한 북토크였다. 재미있겠다 싶어 부산에서 올라온 한 친구하고 함께 찾아갔다. 본론은 정치발전소 유의선 국장까지 함께한 뒤풀이 자리에서 나왔다.

"여기는 정치 관련 교육이나 강연 같은 걸 하던 곳이고, 이제 조만간 자리를 옮길 건데, 사무실 공간 활용도가 아쉬워서 책방도 하려고 해. 같이할 생각 있어?"

'뭐지, 로또인가.'

당연히 거절할 이유가 없었다. 서점 준비를 하면서

다녀본 곳들의 공간 구성과 콘텐츠 등에 관해 이야기를 나눴다. 합정, 신촌, 망원에 자리한 개성 있는 책방들과 도서관이나 서점에서 종종 진행하는 블라인드 북, 이미 정치발전소가 하던 북토크 등 행사까지.

내가 이야기한 서점 몇 군데를 더 둘러본 정치발전소는 서점을 열기 전에 정치와 사회 분야 도서 전문 구독 서비스 '마키아벨리의 편지'를 하자고 제안했다. 극단적 주장에 휘둘리지 않고 세상을 보는 자기만의 시각을 지니려는 사람들을 위해 책, 책을 이해하는 데 도움이 될 가이드북, 저자나 번역자나 전문가하고 함께하는 북토크, 유명 인사와 화제가 된 인물의 명언이 적힌 책갈피까지 함께 묶어 보내주는 복합 도서 구독 서비스를 함께 만들자는 기획이었다.

지금도 큐레이션 구독 서비스 중에 '마키아벨리의 편지'만큼 정성과 품질을 보장하는 서비스는 없다고 확신한다. 전문가들이 회의를 거쳐 선정한 책 소개, 그 책을 선정한 이유, 책하고 함께 보면 좋은 콘텐츠, 책 속 좋은 문구를 담은 가이드북은 꽤나 정성이 들어가는 작업이었다. 콘텐츠가 괜찮은데다 코로나가 한창인 상황까지 맞물려 예상보다 더 반응이 좋았다. 많을 때는 한 달에

400명에 가까운 사람들에게 택배를 보내기도 했다. 택배 보내는 날에는 여러 사람이 모여 손을 거들었다. 유의선 국장은 항상 별것 아니라면서 모두 배불리 먹고 남을 정도로 산해진미를 내놨다.

정치발전소가 이사 준비를 마치고 '마키아벨리의 편지'가 어느 정도 자리를 잡을 때까지 도서관에서 일하다가 정식으로 이직했다. 하던 일을 마무리하지 못해서 찜찜했지만, 동료들은 감사하게도 축하해줬다.

책방 일은 생각보다 많이 헤맸다. 도서관과 책방은 또 달랐다. 도매 서점이나 출판사에 연락해 거래를 트고, 포스 구매를 진행하고, 카드사를 연결하고, 책을 입고하고, 입고한 책을 진열하는 모든 과정 하나하나에서 도움을 받았다. 내심 '혼자 시작하면 그다음 달쯤 망했겠다'는 생각도 가끔은 했다.

"서울 혼자 올라와 있으면 외롭지는 않고?"

"친구들도 많이 올라왔고, 와서 사귄 사람도 있어서 괜찮아요."

어느 날 '마키아벨리의 편지'를 비롯해 여러 작업을 도와주던 선생님이 물었다. 큰 문제는 없다고 대답했지만, 집에 돌아와 곰곰이 다시 생각했다.

전 직장 동료들, 에스엔에스로 이어진 사람들, '반달' 등 다양한 통로를 거쳐 알게 된 이들, 서울에 이미 와 있던 부산 선후배와 친구들까지 많은 사람이 주변에 있었다. 국비 교육을 받고 연봉으로 1600만 원을 제시받은 적 있는 형은 몇 배나 더 많은 연봉을 받는 개발자가 됐다. 대학 다닐 때 독서 모임에서 만난 인연들도 어느덧 번듯한 직장에 들어가 연차 찬 직장인이 돼 있었다. 에스엔에스로 이어진 사람들은 곳곳에서 자기만의 삶을 조각하고 있었다.

도움도 많이 받았다. 서점을 열 생각이라고 하자 스타트업에서 일하는 이들은 비즈니스 모델 구축부터 투자 유치에 관한 이야기까지 노하우를 자세히 알려줬고, 디자인 감각이 있는 친구들은 금세 매끄러운 홍보물을 건네줬다. 나를 둘러싸고 일하는 사람들이 지닌 역량은 따로 말할 것도 없었다.

분명 혼자는 아니었는데, 외롭지 않다고 할 수는 없었다. 나 말고 다들 자기 자리가 있는데 서울에 내 자리는 없다는 생각이 자꾸 들었다. 부산에 돌아가면 그래도 내가 할 만한, 아직 해보지 못한 많은 가능성을 찾을 수 있을 듯했다.

자리를 잡지 못하고 갈팡질팡하는 사람은 나 말고도 많았다. 정치에 민감하게 연결돼 자기 콘텐츠 없이 돌아다니는 사람을 어떤 이들은 '여의도 두 시 청년'이라 불렀다. 평일 오후 두 시에 국회의원실에서 하는 행사에 올 만한 시간적 여유가 있는 청년이라는 뜻이었다. 여의도뿐 아니라 일상에서도 그런 사람을 마주쳤다. 자기만의 콘텐츠 없이 유명한 사람을 만나고, 그런 사람들하고 합석 한 번 한 경험으로 존재감을 확인하는 이들. 나는 그런 이들을 명사에 빌붙어 사는 사람이라는 의미에서 '전치사형 인간'이라 부르기로 했다. 다른 사람에게 딱지를 붙이려 한다기보다는 뛰어난 이들 사이에서 생활하면서 비슷한 사람이라 착각하는 태도를 경계하려는 조어였다. 서울에서 시간을 보내면 보낼수록 내가 점점 전치사형 인간이 되고 있지는 않을까 고민했다. 서울은 가능성을 보여주면서 한계를 직면하게 했다. 서울이 아니면 하지 못할 일도 하게 해줬고, 서울이어서 할 수 없는 일들도 보여줬다. 두 이야기는 앞으로 각각 풀어놓을 테지만, 결론은 하나였다.

'돌아가자.'

2021년 6월, 부산으로 돌아가기로 했다. 코로나는

마무리에 적당한 핑계였다. 책방 운영도 현실적으로 변화를 꾀할 필요가 있었다. 덕분에 어렵지 않게 실업 급여를 신청하고 부산으로 돌아왔다. 통장에는 원룸 보증금을 더하면 목표 금액에 가까운 돈이 겨우 모였다.

《떠날 것인가, 남을 것인가》

'애향심'이라는 단어는 조금 낯 뜨겁다고 생각했다. 고향을 사랑한다기보다는 그저 집이 좋다고 이야기했다. 나보다 먼저 서울 생활을 잠시 거친 예랑은 서울에 있다 보니까 없던 애향심을 심어주더라고 했다. 나도 그런 과정에 있기 때문에 무슨 이야기인지 알 듯했다. '마키아벨리의 편지' 선정 도서이기도 한 《떠날 것인가, 남을 것인가》에서 앨버트 허시먼은 실망하고 좌절하고 이탈한 뒤 돌아온 사람들이 원래 몸담은 조직에 마음을 더 쏟는다고 했다. 이따금 돌아온 부산에서 텅 빈 지하철만 봐도 마음이 쓰였다. 도시가 점점 활기를 잃어가는 상황이 눈에 보였고, '지방 소멸'이라는 단어가 귀에 익기 시작했다. 텔레비전 다큐멘터리로, 유튜브로, 책으로 지방 소멸 이야기를 하나둘 읽어냈다.

돌아가서 하고 싶은 일은 정해놨지만, 할 수 있는 일이 많이 없을지도 몰랐다. 서울에서 할 수 있는 일들은 해놓고 부산에서 할 일들을 만들어놓은 뒤 가야 했다.

그래도 서울에서 책방 일을 한번 해봤고, 도서관에서 할 수 있는 일도 하나 했다. 이 정도면 됐다. 이제 부산에 돌아가서 할 수 있는 기획과 만날 수 있는 사람을 만들어야 했다. 때는 바야흐로 코로나 전성기였다.

"관장님이 칭찬하던데, 이 글 누가 썼냐고."

"제가 쓴 건 아직 모르시는 거죠?"

"알면 어떨지 궁금하기는 하네요."

"그냥 계속 비밀로 해주세요."

가능성의 세계 — 어떤 청원

'도서관에서 할 수 있는 일'은 서울이 보여준 가능성에서 하이라이트 같은 사건이었다. '마키아벨리의 편지' 기획이 한창 진행되고 아직은 도서관 일을 마저 하던 어느 날이었다. 평소에 직원을 잘 챙기는 도서관 관장이 직원 상담을 하면서 힘든 일이 없냐고 물었다.

힘들다고 할 만한 일은 아니지만 데스크 업무를 하다가 마주치는 난처한 문제가 있었다. 스마트폰 없는 사람에게 불친절한 개인정보보호법이었다.

도서관 규정에 따르면 도서관 회원 가입이 처리된 사람에게만 회원증을 발급할 수 있었다. 인터넷에서 도서관 회원에 가입하려면 대개 본인 인증을 거쳐야 했는데, 스마트폰 본인 인증과 아이핀 본인 인증 중에 인증 방식을 선택해야 했다. 스마트폰을 가져오지 않거나 자기 명의로 된 전화를 쓰지 않는 사람은 아이핀 본인 인증을 해야 하는데, 아이핀을 발급받으려면 다시 휴대폰 본인 인증이 필요했다. 자기 명의 스마트폰이 없는 사람은 대개 노인이나 아이였는데, 이 둘 다 주요한 도서관 이용 계층이었다.

"국민 청원 게시판을 이용하면 답변이 나오니까, 마음 같아서는 국민 청원이라도 하고 싶습니다."

"괜찮은 생각인데요."

그날 몇 년 동안 내가 도서관에서 겪은 일들을 정리해 국민 청원 게시판에 글을 올렸다.

아무도 안 하길래 내가 올리는 국민청원

공공도서관에서 본인 명의 휴대폰, 아이핀이 없는 이들도 가입을 할 수 있도록 해주세요.

서울의 한 도서관에서 일하고 있습니다. 2014년부터 개정

된 개인정보보호법 제24조의 2항*에 의해, 도서관에서는 아이핀과 휴대전화 번호로 본인 인증을 한 사람만 회원 가입을 받고 있습니다.

하루는 어떤 할아버지가 주민등록증만 갖고 도서관에 오셨습니다. 가입 안내를 하자 본인 명의 휴대폰 없으셨기에 회원 가입을 할 수 없었습니다. 아이핀 인증을 받아달라고 안내를 드리자, 아이핀 가입 화면에 휴대폰으로 본인 인증 화면이 떴습니다. '동사무소에 가서 아이핀 발급을 받으셔야 합니다'라고 안내하는 수밖에 없었습니다. 할아버지는 '내가 나라는 걸 증명해줄 게 이 주민등록증이고, 이걸 나라에서 줬는데, 나라에서 하는 도서관에서 이걸로 가입이 안 되는 게 옳은 거냐'라고 하셨습니다. 백번 옳은 말씀이셨습니다.

발달 장애인들을 위한 단체에서 어린이도서관에 전화가 왔습니다. 발달 장애 성인의 어린이도서관 이용에 대한 문의가 왔습니다. 자유롭게 열람이 가능하시다고 안내하고, 책 대출을 위한 회원 가입에 대해서 안내하려다, 순간 말문이 막혔습니다. 이분들께 본인 명의 휴대폰이 있을 것인가. 없다면 아이핀으로 인증을 해야 하는데, 발달 장애인분들이 이 과정을 온전히 진행하실 수 있을까.

어린이도서관에는 만 14세 이하의 어린이들의 회원증을 발급받기 위해, 부모님의 손을 잡고 자주 옵니다. 대개의 경우 아이들은 본인 명의 휴대폰이 없고, 아이핀을 발급받기 위한 지난한 과정을 거쳐야 합니다. 아마도 이 이후로 쓸 일이 없으면, 또 이 아이들은 본인 인증을 위해 다시 복잡하고 어려운 과정을 거쳐, 부모님이 만들어준 아이디와 비밀번호를 더듬어가며, 또다시 이 과정을 반복해야 할 것입니다.

어떤 가난은 통신을 앗아가기도 합니다. 휴대폰 요금이 미납되어 정지당한 청년이, 그래도 어떻게든 살아보고자 공부를 하려고 책을 빌리러 도서관에 왔는데, 휴대폰 본인 인증을 하지 못해 책을 빌려가기는커녕 가입도 못한다면, 노인에게, 어린아이에게, 장애인에게, 가난한 이들에게 모두 장벽을 갖고 있는 시스템이라면, 그 시스템이 어찌 공공성을 말할 수 있겠습니까.

공공 기관의 공공성은 국민 누구에게나 불편이 없이 제공되어야 맞다고 생각합니다. 전자정부 시스템을 구축하는 것이 선진화를 위한 것이라면, 그 선진이 누구를 위한 것인지에 대해서도 다시 한 번 생각해보아야 합니다. 뒤처지는 사람을 지운 채, 따라오지 못하는 사람을 버린 채, 함께 갈 수 있는 사람을 내버려둔 채 앞으로 달려야만 했던 시절은 지났다고 생각합니다.

'모든 사람에게 누구나의 책을.'

도서관학 5법칙 중의 한 가지입니다. 지금의 시스템으로는, 본인 명의 휴대폰이 없는 사람은 '모든 사람'이 될 수 없습니다. 광장의 바깥에 있는 이들을 위해, 그러니까, 우리 공동체 전체를 위해 공공 도서관에서 본인 명의 휴대폰과, 아이핀이 없는 이들도 가입이 가능할 수 있도록 하는 방안을, 정부에 요구합니다.

---

* 개인정보보호법 제24조의2(주민등록번호 처리의 제한)

① 제24조 제1항에도 불구하고 개인정보처리자는 다음 각 호의 어느 하나에 해당하는 경우를 제외하고는 주민등록번호를 처리할 수 없다. (개정 2016.3.29, 2017.7.26)

1. 법률·대통령령·국회규칙·대법원규칙·헌법재판소규칙·중앙선거관리위원회규칙 및 감사원규칙에서 구체적으로 주민등록번호의 처리를 요구하거나 허용한 경우.

2. 정보주체 또는 제3자의 급박한 생명, 신체, 재산의 이익을 위하여 명백히 필요하다고 인정되는 경우.

3. 제1호 및 제2호에 준하여 주민등록번호 처리가 불가피

한 경우로서 행정안전부령으로 정하는 경우.

　국민 청원 게시판과 에스엔에스에 올린 이 글은 300번 넘게 공유되면서 작으나마 화제를 불러일으켰다. 현직 동료들은 물론 많은 사람들이 힘이 됐다. 전 직장 동료들한테서 관장이 이 글을 칭찬하더라는 소식도 들었다. 괜히 쑥스러워 말하지 말라고 했다.

　서울에서 함께한 독서 모임 사람들, 에스엔에스로 알게 된 사람들까지 모두 청원에 서명했다. 국민 청원에서 직접 대답을 들을 수 있는 서명자 기준인 20만 명에는 턱이 없었지만, 수천 명이 서명했다. 결과적으로 어느 정도 성과도 있었다.

　복잡한 감정이 들었다. 내 문제의식을 공감하고 도움도 준 사람들이 있다는 든든함과 고마움, 나라는 사람이 만들 수 있는 작은 변화에 관한 고양감, 지금 내가 몸담은 소속과 서 있는 위치가 달라져도 이 정도 변화를 끌어낼 수 있을까 하는 의심. 답은 뻔했다. 그럴 리 없었다. 서울에 자리한 공공 기관에 소속된 상태에서 할 수 있는 일이었다.

　아직 계약 기간이 남아 있는 시기에 부산으로 다시

돌아갈 생각을 하니 여기 서울에서 일군 어떤 성과도 내 것이 아닌 듯했다.

《교복 위에 작업복을 입었다》

국민 청원이 작은 화제가 되고 나서 근처 박물관에서 일하는 친구를 오랜만에 만났다. 우리 둘은 종종 '국중'이 국립중앙도서관이냐 국립중앙박물관이냐를 놓고 티격태격했다. 아무도 궁금해하지 않을 문제였지만, 보통 국립중앙박물관은 '국박'이라고 하지 않나 싶다고 하면 너네도 '국도'라고 부르라며 쓸데없는 이야기를 한바탕 하다가 친구가 문득 이야기를 꺼냈다.

"동생이 책을 냈어."

주변에 책 내는 사람이 생각보다 많다는 사실을 새삼 깨닫고 섭외할 지역 작가 목록에 친구 동생을 올렸다. 친구 동생이 쓴 책은 현장실습생으로, 산업기능요원으로 살아간 시간을 담담하게 기록한 《교복 위에 작업복을 입었다》였다.

"지역 출판사에서 나온 책이야."

친구가 덧붙였다.

"멋있네."

진심으로 그렇게 생각했다. 나중에 부산에서 엔터테인먼트 업체를 하는 슬화가 그런 이야기를 했다. 얼마 전 출판 편집자를 만나고는 '부산에 출판사가 있냐'는 생각을 했다고. 나는 '그 사람도 부산에 엔터테인먼트가 있냐고 할걸'이라며 웃어넘겼지만, 나도 그전까지는 지역 출판에 관해 아무런 생각이 없었다. 책방을 차리면 꼭 우리 지역 이야기들을 많이 넣어둬야겠다, 국중(물론 국립중앙도서관이다)에 두세 권씩 들어가는 책들로 만들어내야겠다는 다짐을 하고 그날 술자리를 마쳤다.

"그거 알아요? 저기 연예인 누구 아버지가 산대요."

"비싸겠네요."

"한 14억 하네요."

"700년만 모으면 사겠네요, 그럼."

"금방이네요."

한계에 직면하다 - 원룸 단상

시내버스 여행을 다녀온 뒤에도 서울 갈 일은 잦았다. 서울도서관에서 진행한 현장 실습, 국회도서관과 국립중앙도서관 시험 응시 같은 단발성 방문, 시험 준비용 단기 거주, 취업 뒤 장기 거주까지, 부산의 척력이 나를 추방하고 서울의 인력이 나를 당겼다.

지하철에서 내리면 공기마저 무거운 노량진에 가 사람 하나 누울 침대 옆에 화장실과 책상이 붙어 있는 2평 집에 잠시 머물면서 시험을 준비한 적도 있었다. 국립중앙도서관 시험에 대비해 두 과목 현장 강의를 들어야 했다. 10명 정도 뽑는 시험에 응시자가 2000명인가 그랬다.

꼭 성공해서 금의환향하리라 같은 다짐까지는 아니더라도, 내가 사는 세상이 적당히 나를 받아줄 준비가 되면 돌아가고 싶었다. 서울 생활 하는 동안 월급을 받을 테니 원룸을 잡았다. 지하철역 가까운 곳 6.5평 공간에는 화장실, 세탁기, 부엌, 침대, 책상, 냉장고에 전자레인지, 심지어 베란다까지 있었다. 6.5평치고 공간 효율도 좋고 꽤나 사치스러웠다. 월세도 50만 원 정도라 고시원보다는 훨씬 나았다.

침대에 내 한 몸을 뉘이고 휴대폰이나 만지작거리면서 지내고 싶었는데, 주변 사람들은 다들 열심히 살았다. 야근이나 주말 근무를 하거나, 공연 준비를 하거나, 자격증 공부를 하거나, 운동을 하거나, 사람을 만났다.

서울 사람들한테는 쉬는 시간이라는 개념이 없나 싶었다. 서울 오기 전부터 도대체 어떻게 진행되고 유지되는지 궁금하던 유료 독서 모임도 참여했고, 건강 관리 안 하면 큰일 나겠다 싶어 사내 복지카드로 생전 할 일 없을 듯하던 운동도 찾아서 하고, 서울에서나 볼 수 있는 공연도 몇 군데 찾아다녔다. 생활 수준은 전에 없이 풍요로웠지만, 월세 내는 날이나 카드 대금 결제일이면 뱁새가 황새를 따라가면 다리가 찢어진다는 이야기가 뭔지 통장이 저리게 느꼈다.

대단한 사람을 많이 알게 됐지만, 막상 힘들 때는 손 내밀 데가 없었다. 나한테 노동조합에 가입하라며 종용한 정규직 직원들이 연봉 협상 끝에 정규직만 오른 월급을 소급해 적용하기로 결정된 사실을 알리면서 맥주 한 잔으로 퉁칠 때는, 정말이지 다 무슨 소용인가 싶었다. 밤 열두 시 술에 취해 방으로 돌아오면서 큰 집이라면 뭘 하나 집어던질까 고민하다가 애꿎은 베개만 내리쳤다. 왜 여기는 낭비되는 공간이 하나도 없나.

마음이 허해 밖으로 나왔다. 산책하기 좋은 하천으로 가는 길 근처에는 연예인 누구 아버지가 산다는 아파트가 있었다. 아직 서울 부동산이 많이 오르기 전이었다. 아파트 가격을 들으니 평생 월급을 모아도 약간 모자라네 싶었다. 취기는 오래전 바람에 날려 사라졌지만, 그래도 주정뱅이처럼 웃었다. 한바탕 웃어서 기분이 좀 나아졌다가, 방에 돌아와 불을 켜면 정리되지 않은 시간과 정돈되지 않은 공간이 쌉쌀하게 맴돌았다. 육첩방은 남의 나라였고, 창밖에는 밤비가 속살거렸다.

서울에 머물 시간이 하루하루 늘어가자 돈을 빌리더라도 전세로 바꾸는 편이 낫겠다 싶었다. 청년 주택 정책이라는 이름 아래 달콤해 보이는 혜택이 많아 보였지만, 막상 신청하려니 걸리는 구석이 많았다. 여기저기 손을 벌려 그나마 싼 전세 원룸으로 바꿨다. 고시원에서 월세 원룸으로, 월세 원룸에서 전세 원룸으로. 그나마 오늘이 어제보다 나아지고 있었지만, 여기가 내 끝자리 같았다.

부동산 애플리케이션으로 책방 위치를 찾아보다가, 이따금 부산 집 근처 원룸 가격도 알아봤다. 내가 사는 원룸하고 비슷한 공간에 '100에 15'나 '200에 30'이라는 숫자가 적혀 있었고, 어떤 아파트는 '매매 5000만 원' 같은 현실적이면서 비현실적인 숫자를 보여줬다. 서점을 하게 돼서 지금 버는 돈보다 조금 덜 벌어도, 욕심만 줄이면 좀더 나은 내일을 편안하게 꾸릴 수 있을 듯했다.

〈쉽게 씌어진 시〉

조금 오해가 빚어질 수 있어 책갈피를 쓴다. 시를 깊이 좋아하거나 외우는 편은 아니지만, 그래도 감정을 표현하는 데에는 시만 한 언어가 별로 없다. 시는 처음 시인이 쓴 의미하고 다르게 표현되는 사례가 대부분이니, 윤동주가 쓴 〈쉽게 씌어진 시〉를 살짝 인용한다 해서 나를 식민지 시절을 보낸 사람이라고 생각하지는 않기를 바란다. 택배를 기다리는 마음에 황지우가 쓴 〈너를 기다리는 동안〉에서 '문을 열고 들어오는 모든 사람이/ 너였다가/ 너였다가, 너일 것이었다가/ 다시 문이 닫힌다'를 쓰거나, 연모하는 마음을 품은 이에게 윤동주가 쓴 〈이런 시〉의 '자, 그러면 내내 어여쁘소서'를 쓰는 식이나 마찬가지다. 아마 좋은 집이어도 나는 고향을 그리며 살 사람이었다. 단지 내가 머문 곳이 육첩방이었을 뿐.

"오래 안 보이더만 간만에 보네."

"서울에서 잠깐 일하다가 돌아왔어요."

"그래 고향이 좋제? 부산 사람은

부산에 살아야 한데이. 서울 너무 복잡하고."

"맞아요."

금의환향까지는 아니지만

서울에서 만난 사람들은 오랫동안 서울에 있어야 좋지 않으냐는 이야기를 많이들 했다. 유료 독서 모임을 나와서 에스엔에스를 기반으로 독서 모임을 모집했다. 첫 책으로 《슬램덩크》나 《H2》 같은 명작 만화, 《선량한 차별주의자》 같은 유행하는 인문학 서적, 《오리지널 맨》 같은 과학 소설 등을 읽고 이야기를 나눴다.

독서 모임 회원이기도 한데다가 에스엔에스에 좋은 이야기를 많이 쓰는 모습을 보고 친해진 한 형은 내가 혼자 있는 시간이 힘들다고 연락할 때마다 비싸고 맛있는 곳에 가 술을 사면서 한마디 했다.

"나는 네가 여기에 오래 있는 게 좋을 것 같다."

나하고 비슷한 시기에 부산에서 서울로 올라와 국회 인턴을 하다가 스타트업으로 옮긴 동생도 마찬가지 이야기를 했다.

"뭐 할라고 부산을 돌아가요. 무슨 부귀영화를 누리겠다고."

내가 나로 존재하는 곳에서 친한 사람들을 떠나보내지 않고 소소한 이야기를 나누겠다는 욕심이 큰 부귀영화였을까. 지방 소멸이니 메가시티니 하는 거시적인 이야기들과 내가 겪은 복잡하고 미시적인 감정들이 머릿속을 맴돌았는데, 딱 정리하기가 힘들었다.

"그냥, 고향이 좋네, 나는."

나를 정치발전소에 연결해줬고, 그사이 《연애 결핍 시대의 증언》과 《젊은 생각, 오래된 지혜를 만나다》를 내어엿한 작가가 된 책방 준비팀 성원 나호선은 '특산물론'을 주장했다.

"지방에서는 자식이 일종의 특산물인 거죠. 자기 지역에 뛰어난 인재가 나왔다 싶으면 얘들은 여기 있을 게 아니라 서울에 공물로 바쳐야 하는 거지. 그러니까 자식이 돌아오면 반품당했다고 생각한다니까요?"

'에이 설마'라는 말이 스쳐 지나갔는데, 우연히 만난 어느 호남 출신 명문대 재학생은 이 이야기에 아주 격하게 공감했다.

"이따금 방학 때 집에서 일을 돕고 있으면 마을 어르신들이 와서 등짝을 때리면서 '내가 이러려고 너를 공부시키지 않았다'는 소리를 하는 거예요."

그중에서 부산은 거의 유일한 예외였다. 집에서는 당연히 내가 돌아올 줄 알고 있었다. 이런 선택을 하지 않는 사람이 늘어날수록 부산도 특산물 수출이라는 길을 가게 되는 걸까. 사람이 뭔가 원하는 일을 하려면 서울로 가야만 하고 그 일을 하지 못한 채 돌아오면 실패가 되는 상황은 싫었다. 지금 존재하는 바로 그 공간에서 꿈을 찾을 도시가 이 나라에 하나쯤 더 있으면 좋겠다고 생각했고, 부산은 그럴 만한 곳이라고 믿었다.

내 선택을 응원하는 귀인들도 많았다. 부산으로 돌아가기 전 가장 큰 고민은 돌아가면 여태껏 내가 한 일이 다 의미 없어지고 나는 아무것도 아닌 사람이 되지 않을까 하는 불안이었다.

"아닐 수 있죠."

독서 모임을 함께한 선생님이 감사하게도 내려가기

전에 밥 한 끼를 사 주셨다. 고민을 이야기하니 힘이 되는 말까지 들었다.

"충분히 특별할 수 있어요. 도서관과 책방을 모두 해본 경험도 독특한 이력이고, 부산으로 돌아가면 돌아가는 대로 달라진 게 또 있을 테니까."

사업 계획을 진지하게 검토한 뒤 내가 만들고 싶어하는 서점에서 할 만한 일들과 정부 기관을 비롯해 여러 곳에서 받을 수 있는 지원 프로그램에 관해 구체적으로 알려준 사람도 있었고, 무슨 부귀영화를 누리려고 그러냐며 타박한 동생도 서점에서 진행할 수 있는 사업 목록을 만들어 보내줬다.

적어도 부산에 있던 이들은 다들 반겼다. 집으로 돌아가니 경비 아저씨와 청소 아주머니가 먼저 나를 기억하고 인사를 건넸다.

"니 왔나." (오래 안 보이더니 간만에 보이네.)

"서울에서 잠깐 일하다가 돌아왔어요."

"그래 고향이 좋제? 부산 사람은 부산에 살아야 한데이. 서울 너무 복잡하고."

"맞아요."

대입 수험생 때 독서실 가는 내게 이따금 말을 걸어

준 수다쟁이 경비 아저씨는 변함없는 특유의 수다로 복귀를 환영했다.

3부

처음 찾는 부산

"내가 무슨 대단한 사회운동을 하겠다는 것도
아니고, 그냥 친구들이랑 놀 공간 하나 만들고
싶을 뿐인데, '수도권 일극 체제와
지방 소멸 속의 대한민국 이대로 괜찮은가'
같은 고민을 해야 하냐."

'청년감각 탐구생활'

부산에서 서점을 차리고 가장 먼저 낸 욕심은 '지역 이야기를 담는 공간을 만들고 싶다'였다.

"내가 무슨 대단한 사회운동을 하겠다는 것도 아니고, 그냥 친구들이랑 놀 공간 하나 만들고 싶을 뿐인데, '수도권 일극 체제와 지방 소멸 속의 대한민국 이대로 괜찮은가' 같은 고민을 해야 하냐."

사람들을 만나면 이런 볼멘소리를 했지만, 실상은 꽤 큰 애정과 고민을 품고 돌아왔다. 내 자리가 없다는 현실을 알면서 한 선택인 만큼 내 몫이라고 할 만한 일은 스스로 만드는 수밖에 없었다. 부산이라는 도시가 지금

놓치고 있는 뭔가를 잡아내야 했다.

한 가지 다행인 점은 부산시도 같은 고민을 하고는 있어 보인다는 사실이었다. 부산이 놓치는 가장 큰 자원은 사람이었고, 그중에서도 특히 청년이었다. 〈2020년 부산사회조사〉에 따르면 부산에 살고 싶은 청년은 거의 77퍼센트에 이르지만 지난 10년 동안 8만 명이나 되는 청년이 부산을 떠났다. 20세에서 24세까지 시기에는 진학을 비롯한 여러 이유로 유입된 청년들이 24세에서 39세까지 구간에서는 일자리를 찾아 지속적으로 빠져나가는 추세였다. 지역에서는 청년정책센터 등 여러 공간을 만들고 네트워크 사업이나 연구 사업 등 다양한 시도를 하고 있었다. 만으로 서른둘 핑계 없는 30대면 '청년' 타이틀을 달고 뭘 하기는 늦지 않나 싶었지만, 어차피 이 도시에 이 나이대 사람이 귀하니까 아무래도 괜찮다고 결론지었다. 과연 부산시는 청년 기준을 만 39세로 늘리려하고 있었다. 부산청년정책네트워크 문화예술분과를 골라 사람들을 만났다. 자갈치시장 횟집 건물 한복판에 뜬금없이 들어서 있는 청년정책센터에서 십여 명이 둘러앉아 지역 이야기를 나눴고, 나는 서울의 인력과 부산의 척력에 관해 느낀 대로 이야기했다. 사람들은 내가 생각한 정도보다 더 깊이 공감했다.

　더 심각한 문제가 하나 있었다. 2020년 시작된 코로나 팬데믹. 정책 네트워크건 무엇이건 활동을 펼칠 자리 자체가 많지 않았다. '올리'라는 활동명을 쓰는 분과장은 그래도 사람들을 이끄는 탁월한 열정과 능력을 갖춘 사람이었다. 십여 명이 온라인으로 만날 수 있게 줌, 게더타운, 노션 등 다양한 협업 툴을 활용해 정책을 구상하고 회의를 진행했다. 지역 예술가와 소비자가 만날 수 있는 비대면 프로젝트도 함께 도전해볼 수 있을 듯했다. 회의와 수정을 여러 번 거쳐 사이드 프로젝트가 하나 완성됐다. 한 달에 한 가지 예술 활동을 주제로 음악이든 사진이든 회화든 문학이든 장르를 정해 제대로 활용되지 않는 유휴 공간에서 지역 예술가들끼리 만날 수 있게 하는 '상상의 밤' 프로젝트였다.

　말은 거창하지만 생각처럼 쉬울 리가 없었다. 우선 코로나 때문에 대면 행사를 진행하기가 부담스러운 상황이었고, 프로젝트를 함께할 예술가를 찾는 작업도 어려웠다. 그래도 청년정책네트워크에 제안서를 전달하자 반응이 꽤 좋았다. 청년작당소라는 공간을 연결해줬고, 나름 기대를 받는다는 압박감 속에 우리는 우리끼리 그 시간 동안 할 수 있는 일을 하기로 했다. 그나마 분과 안에서 미술 활동을 하는 올리와 연극 등 커뮤니티 활동을 하는 윤지가 작품을 함께 올리기로 하고, 졸업 전시를 하지 못한 예술대학교 학생들 작품 몇 점을 확보하고, 코로나 팬데믹이 끝나면 하고 싶은 일들을 공모로 받아서 액자로 만들어놓자는 아이디어가 나오자, '힘든 시기에 예술 활동을 하지 못한 사람들을 위한 비대면 전시'라는 얼개가 어렴풋이 모습을 드러냈다.

청년정책네트워크에서 만난 윤지하고는 문제의식이 비슷해 사이드 프로젝트를 하나 더 하기로 했다. 타지에서 부산에 온 사람들을 인터뷰하는 작업이었다. 책방을 차리기 전에 지역 이야기를 모으고 싶은 사람으로서 부산이라는 도시에 사람들이 무엇을 원하고 있으며 앞으로 무엇을 만들어낼지 알아내고 싶었다. 낯선 이의 눈에 부산이 어떻게 읽히는지 궁금했다. 마침 적당한 기회가 있었다. '청년감각 탐구생활'은 부산이라는 지역에 관련된 어떤 주제든 편하게 연구할 수 있는 프로젝트였다.

독서 모임과 학생회에서 인연을 맺은 후배들에게 오랜만에 연락을 했다. 다섯 명이 모였다. 타지에서 온 주변 사람들 이야기를 듣고 정리하기로 했다. 분명히 존재하지만 내가 모르던 모습을 다른 사람들이 발견해주기를 기대했다. 팀원들이 여행에서 만난 사람, 아는 이들을 거쳐 수소문한 사람, 카카오톡 오픈 채팅방에서 연락이 닿은 사람까지 여러 사람을 만났고, 다양한 이야기를 들었다. 다른 지역에서 부산으로 이주한 경험은 윤지도 마찬가지여서 인터뷰 대상에 포함했다. 인터뷰이들을 알려주는 간단한 프로필은 다음 같았다.

지훈 20대, 남성, 제조업 근무, 전북에서 이주(전주).

은아 20대, 여성, 의료업 근무, 제주에서 이주.

경수 30대, 남성, 연극배우, 경남에서 이주(함안).

시은 20대, 여성, 대학원생, 울산에서 이주.

철민 30대, 남성, 스타트업 운영, 서울에서 이주.

앨라스 20대, 여성, 영어 학원 강사, 미국을 거쳐 도쿄에서 이주.

주은 30대, 여성, 공무원, 경북에서 이주(포항, 경주, 경산 등).

윤지 20대, 여성, 프리랜서, 경남에서 이주(합천).

희연 20대, 여성, 공무원, 경남에서 이주(고성).

가을 30대, 여성, 프리랜서 작가, 경남, 강원, 영국에서 이주.

명현 30대, 남성, 스타트업 운영, 서울에서 이주.

먼저 우리가 알고 있는 부산에 관해 정리했다. 온라인과 오프라인에서 들어온, 그리고 직접 살아온 사람으로서 느끼는 부산 이미지를 다섯 가지로 추렸다.

첫째, 제2의 도시라는 명성에 견줘 콘텐츠가 부족하다.

청년정책네트워크에서 특히 많이 나온 이야기다. 부산이 제2의 도시라고들 하는데 생각보다 문화 예술 활동을 할 공간이 부족하다는 말이었다. 문화 예술계에 종사하는 인터뷰이가 많아서 나온 이야기일 수 있지만, 세상 재미있는 것들은 다 서울에, 수도권에 있다는 인식은 보편적이었다.

둘째, 청년이 일할 공간이 부족하다.

이 점은 다른 누구보다 내가 더 절실히 느꼈다. 부산에 남아 있는 친구는 대개 아직 수험이든 대학원이든 공부를 더 하는 중이거나 공무원 시험에 합격한 사례였다. 그나마 공무원 시험 합격자는 절반 정도만 부산에 남았고, 조금 좋은 직장을 잡은 친구들은 대개 타지로 떠났다.

셋째, 사람들이 퉁명스럽고 거칠다.

서울 살면서 가장 어색하다고 느낀 점은 첫째가 사람들 말투였고, 둘째가 사근사근하게 이야기하는 모습이었다. 부산 사람들은 일단 목소리가 컸다. 부산 사람들 말하는 방식이 거칠게 느껴질 수는 있었다.

넷째, 길이 불편하고 운전을 무섭게 한다.

서울에서 부산이라는 공간으로 돌아온 현실을 가장 실감한 순간은 인도를 당당히 지나가는 오토바이를 볼 때였다. 3년 반 넘게 서울살이를 하면서 이런 모습을 본 적이 없다는 사실이 새삼 놀라웠다. 부산의 불편한 교통 상황과 험악한 운전자 이야기는 인터넷에 너무도 많아서 타지에서 온 사람에게도 딱히 낯설지는 않았다.

다섯째, 직장이나 일상생활에서 보수적인 면이 많다.

영남 지역의 정치 성향에 관한 이야기라기보다는, 사람들이 변화를 많이 바라지 않는 듯한 모습, 새로운 시도를 하지 않는 듯한 태도를 부산에서 많이 봤다. 그런 모습 때문에 좌절을 경험하고 부산을 떠나는 사람도 많았다.

결론부터 이야기하자면, 타지에서 온 사람들이 느끼는 부산은 내가 생각하는 만큼의 도시이면서 내가 생각하는 곳하고는 다른 도시였다. 넓어서 자유롭고, 좁아서 답답하며, 오지랖이 넓어서 피곤하고, 관심이 많아 따뜻한 곳. 보는 사람에 따라 다른 세계가 하나씩 내게 왔다. 이 이야기들이 내가 하는 책방에, 그리고 이 글을 읽는 당신에게 어떤 의미로 남을지 모르겠지만, 일단 여기에 기록한다.

"여기는 내가 살기에는 좁아 보였어요."

여기가 제2의 도시라는데

어느 시점부터 대학 진학을 잘한 사람을 가르는 기준은 '인 서울'이 됐고, 취업 잘한 사람을 가르는 기준은 '남방 한계선'으로 바뀌었다. 지방 청년은 상경이 성공을 판단 하는 기준이 되며 지방으로 돌아오면 실패라 생각하는 데다가 자기 살던 좁은 공간을 떠나고 싶어한다는 '특산 물론'은 서울뿐만 아니라 부산에 오는 사람들에게도 비 슷하게 적용됐다. 대개 인터뷰이들은 자기가 태어나고 자란 곳 말고 더 넓은 세계를 경험해보려 했다.

"대학 갈 때 무조건 울산은 벗어나야겠다는 생각이 있었

죠. 왜 '노잼 도시'라고 하면 떠오르는 곳이 몇 군데 있잖아
요. 여긴 놀 거리도 없고, 대학 생활의 낭만을 만들기도 힘
들 것 같다는 생각을 했지요." — 시은

"대학교 넘어가서 취업을 해야겠다 싶어지니까 전주는 내
가 있기에는 좁은 것 같다는 생각이 들었어요. 제가 있는
직종에서 갈 수 있는 곳이 서울 아니면 부산이었는데, 가
려던 회사 생산본부가 부산에 있어서 부산으로 오게 되었
어요. 대학교 때부터 친구들이 뿔뿔이 흩어져 있어서 딱히
고향에 남아야겠다는 생각은 없었어요." — 지훈

부산이 자기 자신을 찾을 수 있을 정도로 충분히 넓
은 공간과 넉넉한 시간을 줄 수 있는 곳이라서 좋다는
답이 다수였다. 아무도 모르는 시골에 살고 싶다는 이야
기를 자주 하는 사람이 많은데, 현실에서는 다른 사람들
눈을 피하는 데 도시가 더 좋다는 말은 꽤 신기했다.

"시골에서는 조금 그런 게 있어요. 단체 생활이 강조되는,
또래들이랑 뭔가 다 같이 해야 하는 분위기, 물론 그렇게
계속 살 때는 당연히 그런 거라고 생각했는데, 막상 성인

이 되고 도시로 넘어오니까 사람들이 여러 곳에서 모이게 돼 그런지 사람들 모이는 것이 그렇게까지 단단하지는 않은 느낌인데, 제가 좋아하는 건 하고 안 좋아하는 건 편하게 안 할 수 있으니까, 오히려 그게 좋았어요." — 경수

반대로 복잡한 서울이 싫어서 부산을 찾기도 했다. 서울보다 주거비 부담은 덜하면서도 불편하지 않을 정도로 인프라를 갖춘 곳을 꼽으면 부산이 순위권에 든다는 반응이 일반적이었다.

"서울에서 몇 번 면접 보면서 지하철 타잖아요. 여기서 살수 있을까 하는 생각이 들더라고요. 사람들은 엄청 많지, 안 놓치려고 우르르 뛰어가고, 와 저 사람들은 진짜 치열하게 산다. 내가 여기서 잘할 수 있을까 싶은데, 그 느낌이 싫었어요." — 지훈

"한국에서 살기로 결정하고 부산이랑 서울을 일주일씩 정도 들러봤는데, 서울은 아무래도 너무 바쁘고 정신없다는 느낌이 들었죠. 지하철 타면 아줌마들이랑 막 부딪치면서 비키라고 하고(영어로 진행된 인터뷰에서 앨리스는 아주 정확한

발음으로 '아줌마'라고 말했다), 다들 엄청 빠르고 바쁘게 산다는 느낌이었죠. 그런데 부산은 여유롭게 다닐 수 있고, 한적하고, 도시도 깨끗한 것 같아서 부산으로 결정했어요." — 앨리스

"주거 비용도 그렇고 사무실 비용도 그렇고 부담의 크기가 다르죠. 서울에서든, 창원에서든, 부산에서든 주거지에 그렇게 까탈스러운 편이 아니었는데, 월세 비용이 적어도 서울이랑 1.5배에서 2배 정도는 차이가 나는 것 같네요. 서울에서 스타트업 사무실 구할 때는 일이인 사무실 만들려고 해도 110만 원에서 130만 원 정도 받거든요. 그런데 여기서는 처음 왔을 때 되게 마음이 편하던 게, 500만 원에 30만 원, 40만 원만 해도 일단 지상에 가잖아요? 가격적인 부분에서는 진짜 부담이 덜하기는 했죠." — 명현

직접 와서 느낀 점을 이야기해달라고 할 때 긍정적인 반응을 들으면 내가 편협한 인간이라는 사실을 이따금 반성하게 됐다. 사는 동안 당연하다고 알던 일들이 남 하는 이야기를 듣고 보면 특별해지기도 했고, 내가 모르는 인프라를 잘 활용하는 사례도 많았다. 다른 사람들

이야기를 들으면 들을수록 서울이 제공하는 인프라를 못 따라간다고 해서 부산이 즐길 거리가 적은 곳은 결코 아니라는 사실을 알 수 있었다. 여기에서도 할 수 있는 일은 충분히 많았다.

인터뷰가 끝나고 '청년감각 탐구생활'을 함께한 윤지하
고 책방에서 낭독극을 진행하기로 했다. 첫 대상 작품은
지역 출판사에서 나온 《손잡고 허밍》이라는 소설이었다.
출판사에 책을 사러 가니 편집자로 일하는 허태준 작가
가 먼저 인사를 청했다.

어느덧 부산에 돌아온 친구하고 함께 셋이서 자리를
가졌다. 친구는 서점에서 부산에 관해 좀더 알아보는 기
획을 하면 좋겠다고 했다. 지금 책방이 자리 잡은 대연동
이 왜 대연동인지, 근처에 있는 못골은 왜 못골이고 지게
골은 왜 지게골인지 아느냐고 물었다. 책방 근처 지하철
역이 '경성대·부경대(동명대학교)'가 된 사연은 알고 있었지
만, 친구가 물어본 문제들은 몰랐다.

3회짜리 북토크를 기획했다. 먼저 사람이 사는 지역
에 이름을 붙이고 주소가 만들어지는 과정을 다룬 디어
드라 마스크의 《주소 이야기》를 살펴보고, 다음으로 부
산이라는 공간이 형성된 역사를 정리한 유승훈의 《부산

의 탄생》을 주제로 이야기를 나눈다. 그리고 두 차례 북토크 내용을 바탕으로 지역에서 활동하는 우동준 작가하고 함께 진행하는 글쓰기 모임을 한다. 이런 기획이 마무리될 때쯤 마침 부산도서관에서 지원 프로그램을 모집하고 있었다. 부산 지역 번호를 넣어 '당신의 책갈피 051페이지'라는 이름으로 신청해 선정됐다. 덕분에 책방에서 지역에 관한 이야기를 더 깊이 풀어갈 수 있었다.

"제가 이 사람이랑 같이 일하고 싶다 하면
다 서울에 간대요. …… 커리어 유지나
이직 가능성을 생각하고 서울에 가겠다고 하면
제가 말리기가 힘든 거예요."

내가 아는 부산 이야기

2023년 기준 전국 100대 기업 중에 부산에 본사를 둔 곳이 몇 군데나 될까. 정답은 '0'이다. 2022년에는 르노코리아가 120위로 부산 기업 중에서 매출 1위를 기록했다. 사서가 되려고 시험을 본 나만 부산에 일할 곳이 없다고 생각한 줄 알다가 나중에 보니 그렇지 않더라는 이야기는 이미 했다. 대학원에 다니며 연구를 하는 시은이나 공무원이 되기 전에 구직 활동을 한 주은도 비슷한 이야기를 했다.

"도시 규모가 크기는 한데, 대도시인 것에 견줘서 일할 공간이 너무 부족하죠. 특히 일자리는 제조업 쪽이 아무래도 더 많으니까, 제가 공부하는 연구직 분야에서 일을 할 곳은 부산에서 구하기 더 힘들고요." ― 시은

"공무원 되기 전에 부산에 다른 일자리들 구해봤는데, 그래도 고향에서는 연봉이 2300만 원 정도에서 시작한다면 부산은 1800만 원으로 시작하는 곳도 많았어요. 연봉이 낮은 것도 낮은 건데 요구하는 것도 많더라고요. 외국어 자격증도 두세 개 있으면 좋다고 하고, 영어, 일본어, 중국어 중에 영어는 기본 해야 하고. 그리고 다 계약직이었어요." ― 주은

원어민 강사로 일하는 앨리스는 서류 작업을 하면서 어려움을 많이 겪었는데, 그런 서류대로 일이 처리되지 않는 상황이 불만스러웠다.

"한국 오는 외국 사람들한테 서류는 뭐 할 때마다 꼭 세 개씩은 떼라고 이야기를 해주고 싶어요. 한 번 쓰고 나면 꼭 다시 쓸 일이 있고, 어디 갔는지 모르고 그렇더라고요. 그런데 물론 이게 부산 전체 이야기라고 할 수는 없겠지

만, 꼭 서류대로 처리되는 것 같지도 않아요. 상사랑 나랑 문제가 있으면 계약서에 있는 걸 따라서 이야기가 진행되면 좋겠는데, 마땅히 해야 할 것보다 더 일을 시키고 그냥 넘어가는 때도 적지 않게 있어요. 마음 같아서는 노동조합이라도 가입하고 싶은데, 아직은 일에 적응하는 것도 힘드네요." — 앨리스

부산에 일할 자리가 없다는 현실은 구직하는 사람은 물론이고 구인하는 사람에게도 영향을 주고 있었다.

"부산에서 창업을 하는 건 쉬운데 사람 쓰는 게 쉽지 않아요. 제가 이 사람이랑 같이 일하고 싶다 하면 다 서울에 간대요. 임금 차이는 제가 많이 주는 걸로 줄이려고 한다고 해도, 커리어 유지나 이직 가능성을 생각하고 서울에 가겠다고 하면 제가 말리기가 힘든 거예요. 어느 정도 인프라가 되면 유지가 될 텐데 비슷한 일 하는 곳이 많이 있지는 않으니까. 다른 데서 온다고 하면 집도 필요할 테고, 나름 제2의 도시라는 활력을 기대하고 내려온 것도 있는데, 내려오고 보니 그런 활력들이 점점 사라지고 있는 것 같아서 조금 맥 빠지는 기분이 있죠." — 철민

"우리 회사는 아이티 스타트업인데, 작은 회사라서 그런지 좋은 인재를 찾기가 힘들어요. 정부 지원 사업으로 인건비를 받아 채용을 해보려고 한 적도 있는데, 지원자 대부분이 회사의 성격이랑 안 맞거나 필요한 능력이 없는 경우가 많았어요. 개발 관련해서는 서울에 지사 하나를 더 둬야 하는가도 고민하고 있어요." — 명현

"에스엔에스 데이터를 활용한 스타트업 회사를 하고 있어요. 아무래도 개발자를 뽑아야 할 일이 많은데, 양성 과정이나 이런 게 서울에 많이 있다 보니까 교육 기관도 서울에 있는 쪽이 교육 수준도 높고 지원자들도 더 잘하니까 어려움이 있더라고요. 아무래도 쓰는 처지에서는 더 자신감이 있고 잘하는 사람을 뽑고 싶잖아요." — 명현

어찌 보면 당연한 이야기이지만, 자리를 잡은 사람들에게는 이만한 곳이 또 없었다. 특히 공무원의 업무 만족도가 높은 편이고 전문성을 늘릴 기회도 더 많았다.

"동생이 먼저 교사로 합격해서 부산에 자리를 잡고 있었어요. 이왕 시험 칠 거면 가족이 자리 잡은 곳에서 하는 게

좋겠다는 생각을 했고요. 부산이 아무래도 인구도 많고 교통도 훨씬 낫고, 지하철로 웬만한 덴 다 갈 수 있는 데다가 고향이랑 비교해봤을 때 문화 인프라도 낫다는 생각에 오게 됐죠." — 주은

"공무원이나 공기업들 사이에서는 부산이, 서울에서도 내려오고 싶어할 정도로 선호 지역이라고 하더라고요. 서울에 친구가 많아서 고민을 하기는 했는데, 공무원 월급 받아서 서울에서 생활하기가 너무 힘들 것 같아서, 그럼 부산으로 오는 게 낫겠다고 생각했어요." — 희연

"직장에 들어갔는데 내가 처음 보는 기계가 있는 거죠. 나는 이걸 실무를 하면서도 본 적이 없는데 부산에 있던 사람들은 대학생 때, 실습할 때부터 다뤄봤다는 거예요. 그때 '아, 여기가 더 발달된 도시이기는 하구나' 이런 걸 조금 느꼈고." — 은아

요약하면 부산은 일할 수 있는 사람에게는 살기 괜찮은 곳이었다. 그렇지만 제대로 된 일자리를 찾기는 힘든 도시였다.

'일의 모험가들'

인터뷰가 끝나고도 지역 일자리에 관한 고민은 여전한 와중에 책방에 '일의 모험가들'이라는 큐레이션을 해달라는 의뢰가 들어왔다. 꽤나 뜻깊은 일이었다. '수영소사이어티'라는 지역 커뮤니티에서 수영구도서관을 대관해 여는 네트워크 행사였다. 수영구는 부산에서 눈에 띄게 활력 넘치는 공간이다. 광안대교가 있고, 'O리단길'이라는 유행 대신 '망미골목'이라는 이름으로 자기만의 문화를 만드는 공간도 있었다.

이색 직업을 갖고 활동하는 사람들 책을 모은 '다른 삶의 모험가들', 지역을 이야기하고 살리는 책을 모은 '로컬을 브랜딩하기', 힘든 시기일수록 서로 이해할 수 있게 해주는 '커뮤니케이션의 이해', 일을 모험하며 마주치는 기회와 위기 속에서 헤엄치는 법을 모색하는 '나의 일 관리하기'까지 네 가지 섹션으로 나눈 책 스물한 권을 소개하고, 수영구도서관의 허가를 받아 행사를 진행하는 이틀 동안 수영구에 자리한 독립 서점 샵메이커즈가 선정한 도서들하고 함께 전시를 진행했다. 지금은 그때 만난 사람들하고 접촉면을 넓혀가면서 여전히 일을 모험하고 고민하는 중이다.

"처음에는 그랬죠,

'파이다'고 하면 뭐 맛있는 거 먹나 싶고,

'되다'고 하면 뭐가 된 건지 모르겠고."

나도 모르는 부산 이야기

일자리는 별로 없지만, 그래도 도시가 지닌 매력이 분명히 있지 않을까 생각할 때 편견을 깨는 말들이 나왔다. 첫째, 교통이 좋다. 둘째, 사람들이 친절하다. 셋째, 자연 경관이 좋다. 셋 다 내가 부산에 30년 가까이 살면서 생각도 못 해본 이야기라 '뭐라고요?'라는 반응이 나올 수밖에 없었다.

첫째, 부산의 교통이라고 하면 웬만한 롤러코스터도 이 정도로 스릴 넘치지는 않는 부산항대교 같은 난이도 높은 도로, 10시 방향 직진과 7시 방향 좌회전과 1시 방향 우회전이 동시에 있는 애매한 교통 계획, 깜빡이는 차선 변경을 성공한 뒤에 승리 세리머니로 켠다는 난폭한 운전자들을 향한 불만이 가장 먼저 떠오른다고 생각했는데, 사람들 이야기는 조금 달랐다.

"운전하시는 분들이 약간 '에프원'처럼 움직이시기는 하죠. 차 몰고 갈 곳은 그래도 부산이 많은 것 같아요. 서울에서는 매일 차가 막히니까 10킬로미터 거리를 20분 걸려서 가고 그러는 경우가 많은데, 여기는 그래도 도로가 뚫려 있으니까 괜찮죠." — 철민

"천안에서 잠시 산 적이 있는데, 버스가 택시 잡듯이 잡지 않으면 서지를 않아요. 부산은 노년층 분들이 많아서 그런지 모르겠는데, 그래도 기사님이 천천히 내리는 거 기다려 주기도 하고, 전반적으로 친절하다 싶었어요." — 시은

무엇보다 교통이 좋다는 말은 '갈 수 있는 곳이 많다'는 뜻이면서 '오래 있을 수 있는 곳이 많다'는 뜻이었다.

"일단 제일 좋았던 건, 차가 늦게까지 있다는 것? 막차 시간이 열한 시 넘어서도 있고 그렇잖아요. 고향에 있을 때

는 밤 열 시면 막차 끊기니까, 카페는 물론이고 술집 같은 데도 24시간은 당연히 없고, 아홉 시 반쯤 되면 다 불 끄고 문 닫고 정리하거든요. 고향에서는 공연도 문화회관에 한 달에 한두 번 오는 공연이나 뮤지컬 정도 제외하고는 놀 거리가 없었는데, 부산은 극장도 많고, 국제영화제도 크게 하고, 아무래도 놀 거리가 많죠. 놀 수 있는 선택지도 많고. 지방 도시들은 아무래도 놀 곳이라고 하면 시내 딱 한 군데밖에 없잖아요." — 주은

"사람 구경 할 때가 좋더라고요. 선선할 때 서면이나 광안리 이런 데 나가서, 교보문고 가서 책 읽거나 거리 돌아다니며 사람들 다니는 거 보면 이게 젊음이지 싶고. 아, 물론 저도 충분히 젊지만요." — 지훈

'교통이 좋다'만큼 당황스러운 말이 '친절하다'였다. 물론 처음 적응할 때는 부산 사람들 특유의 태도 때문에 당황도 많이 했다.

"처음에 올 때는 좀 나긋한 게 없으니까 말이 진짜 빨라서 힘들었죠. 좀 툭툭 내뱉듯이 이야기하는 데 지금은 좀 적

응됐지만, 처음에는 상처를 많이 받았어요." — 은아

"어투나 뉘앙스에서 조금 오해가 있었죠. 나는 이 사람을 굉장히 공적으로 대하고 있었다고 생각했는데, 이쪽에서는 우리가 이렇게 친했나 싶을 정도로 훅 들어오는 경우가 많아서. 사생활에 관한 이야기를 어느 정도 선까지 같이 할 수 있는가, 이런 게 많이 달랐어요." — 가을

"그런 거 있잖아요. 매운탕을 먹고 있는데 아주머니가 오셔서 '아, 이 정도로 안 칼칼하제' 하면서 청양고추를 두세 개씩 썰어다 넣어주시더라고요. 이 정도면 딱 적당하다 혼자 생각하고 있었는데." — 철민

그렇지만 친절함에 관련해 좋은 기억을 지닌 사람들도 많았다.

"추위를 별로 안 타는 편이어서 겨울에도 얇게 입고 나와 포차 같은 데서 혼자 술 마시고 이럴 때가 있는데, 아주머니가 '아이고, 안 춥냐' 하고 물어보고 해주시거든요. 그런 게 좋은 경험으로 남아 있죠." — 명현

"처음 이사 왔을 때 아직 월급도 못 받았으니까 베개며 담요, 이불 같은 것도 없잖아요. 근데 직장 동료들한테 이런 이야기를 하니까 침구류를 사주고, 내가 문제가 생길 때마다 항상 도와주는 친절한 사람들이 있어서 좋아요." ─ 앨리스

"중학생 때 친구들이랑 부산을 왔는데, 사람들이 너무 친절한 거예요. 우리 여행하는 것 보고 자기 아이들 보는 것 같다면서 밥값도 막 내주고 그런 분들이 있었거든요. 그때 기억이 좋았어요." ─ 은아

"서울에 잠시 있을 때 같이 일한 사람들은, 정이 많은 사람들이라는 느낌은 아니었죠. 내가 뭔가 사람한테 해주는 게 있으면 '아, 그래?' 하고 끝나고 마는 느낌인데, 부산에서는 서로 주고받는 게 있는, 그런 게 좀더 맞다고 느꼈어요. ─ 윤지

서울에서 부산으로 돌아온 날 수다쟁이 경비 아저씨와 이따금 인사만 나눈 청소 아주머니가 나를 반겨준 장면이 다시 떠올랐다. 분명 과한 관심이 가끔 부담스럽기

도 했지만, 이런 친절이 싫지만은 않았다. 평소에 신경 쓰지 않다가 돌아보면 괜찮은 것이 하나 더 있었으니, 부산의 자연 경관이었다.

"부산에 살면서 파란색 바다를 처음 봤어요. 서해 쪽으로 가면 아무래도 갯벌, 이런 느낌이 있으니까 거의 누렇거든요. 그런데 이 색깔이 너무 깨끗하고 좋아서, 그게 인상깊었어요." — 지훈

"저도 몰랐는데, 제가 부산에 있는 곳들 중에서 '대' 자가 들어가는 공간들을 좋아하더라고요. 이기대도 그렇고, 몰운대도 그렇고. 해운대……는 그렇게 좋아하지는 않지만. 제가 좋아하는 이 공간들이 특징이 뭐냐면 산과 바다를 동시에 볼 수 있다는 거예요. 보통 산이면 산, 바다면 바다인데, 이런 환경을 맛볼 수 있다는 것도 부산 사는 메리트 중에 하나인 것 같아요." — 윤지

"부산에 계속 있게 된다면 이유 중 하나가 자연이거든요. 달맞이 쪽이나 광안리 쪽 산책을 많이 하는데, 바다 수영 하는 분들도 보면 낭만 있다 싶고, 요트 같은 것도 탈 수

있잖아요. 이런 것들 누릴 수 있는 것도 굉장한 특권이라고 생각해요." — 가을

"대연동에서 오래 살았는데, 이쪽에 삼익비치아파트 벚꽃 피면 되게 좋았고, 광안리에서 불꽃놀이 본 것도 있고, 다대포나 기장 쪽 바닷가도 한 번 가봤는데, 예쁘고 좋았어요." — 은아

가끔 서울 사는 전 직장 동료들에게서 나는 모르는 관광 코스나 맛집 이야기를 들으면 부산에 이런 데가 있냐며 놀라는 일이 많았는데, 이번에도 비슷했다. 부산은 부산 바깥 사람들이 더 잘 알았다. 이 밖에도 내가 모르는 또 다른 부산을 찾아 부산에 온 사례도 있었다.

"부산에 있는 한 미술관에서 레지던시 작가로 선정돼서 부산에 들어오게 됐어요. 작가 한 명이 테이블에서 상주해서 작업을 하고 그 작업물을 나중에는 전시도 하는 일이었는데, 하는 김에 자연도 좋고 해서 부산에 살게 됐어요. 아세안문화원이라는 곳이 있어서 말레이시아계 영국인 친구랑 프로젝트를 잡아서 한번 진행해보려고 계획도 해보고, 부

산에서 출발해서 확장해나갈 수 있는 기회가 많았던 것 같
네요." — 가을

"부산에 처음 오게 된 건 2019년에 창업을 주제로 하는 모
해커톤 대회에서 우수상을 타게 돼서였어요. 처음에는 그
냥 참가는 하지만 수상에는 연연하지 않고 좋은 경험 삼
아보자 하고 들어왔는데, 열심히 하다 보니까 의도치 않게
상까지 받게 됐고, 한국관광공사, 부산관광공사 이쪽에서
사무실이랑 한 1000만 원 정도 지원해주는데 사업 한번
안 해볼래 해서 내려오게 되었던 거예요." — 명현

지역에 애정을 가진 개인이기 전에 사업을 준비하는
한 사람으로서, 나는 개인 사업자나 프리랜서들이 해준
이야기를 듣고 그래도 지역에서 뭔가 할 수 있겠다는 희
망을 품을 수 있었다.

'지역의 사생활 99'

책방을 차리고, 지역을 이야기한다는 책이 있으면 우선 사 모으기 시작했다. 부산이라는 이름이 들어간 책, 부산을 배경으로 한 책 중에서는 전국 곳곳을 무대로 한 만화를 내는 삐약삐약북스의 연작 시리즈 '지역의 사생활 99'가 특히 재미있어 보였다. 지역 도시 9곳을 만화가 9명이 책 9권으로 만드는 출간 만화 프로젝트 '지역의 사생활 99' 시리즈를 사 모을 때마다 다른 지역에서 온 사람들과 그 사람들이 온 지역 이름을 생각했다. 부산광역시편은 제목이 '비와 유영'으로, 광안리 바닷가에서 인어를 마주친 인간의 이야기였다. 서울에 살지 않는 사람이라면 자기 지역 이야기를 찾아봐도 재미있을 듯하다.

"부산은 '우리가 하는 것만으로 충분하다'는

그런 느낌이 있는 것 같아요.

대구나 다른 지역에서

부산보다 오히려 잘 되어 있는 느낌."

당신이 바라는 부산 이야기

일자리 이야기를 제외하고 아쉬운 점을 이야기해달라 할 때 높은 비중을 차지하는 주제가 '보수적 분위기'였다.

"제가 발견을 못한 건지는 모르겠는데, 여성안심귀갓길이 본가에는 서비스가 되었거든요. 혹시 위험하다 싶으면 벨을 누르면 경찰이 같이 귀가할 수 있는 시스템. 제가 살고 있는 곳이 아파트 단지 덜렁 하나 있고, 주변은 다 시장이고, 밤 열 시만 지나도 밤에 불이 다 꺼져 있어요. 어쩌다 늦게 집에 들어갈 일이 있으면 어두컴컴하고 불안한데, 그래도 부산이 좀더 도시인데, 이런 게 잘 안 돼 있다는 점은

아쉽죠." — 주은

"부산은 '우리가 하는 것만으로 충분하다'는 그런 느낌이 있는 것 같아요. 대구나 다른 지역에서 부산보다 오히려 잘 되어 있는 느낌. 이게 일을 덜 하려고 한다기보다는 네트워크라는 게 있어도 뭔가 서로 도움을 받고 이러는 걸 꺼려하는 면이 있어요. 그래서 다른 데 견줘서 간절함이 덜하지 않나 싶기도 했어요." — 윤지

"문화 예술 쪽으로 활동하다 보면 하는 건 많이 있어요. 저도 예술인 등록이라는 게 돼 있는데, 막상 이런 걸 해도 예술인들한테 정보가 많이 전달이 안 된다는 느낌이 있어요. 그런데 이런 일이 있을 때 행정이 적극적인 편은 아니거든요. '우리는 실행했는데 못 찾아본 너네가 잘못 아니냐'는 식인 건 조금은 아쉬운 면이 있죠." — 경수

이 밖에도 지하철이 다녀서 편하기는 하지만 익숙해지니 조금 더 많은 곳에 뚫려 있으면 좋겠다는 지훈의 이야기나, 부산에서 자기가 찾아간 가게에는 내부 화장실이 거의 없거나 심지어 화장실 휴지도 잘 안 채워놓더라

는 말을 꼭 넣어달라는 앨리스의 전언을 들으면서 인터
뷰를 마무리했다.

"부산의 정체성은 어떻게 보면 피란 수도 같은

거죠. 영남권에서 도시를 오고 싶던 사람들이,

도시는 가고 싶은데 서울은 너무 멀고,

부산에서 한번 살아보고 나서,

'어, 괜찮네' 싶어지면 서울로 올라가는."

피란 수도 부산

우리는 11명이 한 이야기를 정리해보기로 했다. 인터뷰 전문을 워드클라우드를 이용해 돌리면 사람들이 지역에서 무엇을 가장 원하는지 양적으로 확인할 수 있다고 생각했다. '일자리'와 '사람', '친구' 같은 관계 맺기에 관한 언급이 434건으로 가장 많고, 그다음으로 '창업' '커리어', '회사'처럼 일자리에 관한 언급이 384건이라는 정도를 빼고는 별 특색이 없었다.

개인적 노력보다는 거시적 차원의 계획이 필요한 이야기들이라고 생각했다. 청년정책센터가 주관해 경남 지역 산업 문제를 연구하는 양승훈 경남대학교 사회학과

교수를 만나 자문을 구했다.

"부산은 다른 데 견주면 사정이 괜찮지 않아요?"

인터뷰하기 전이면 고개를 갸웃했겠지만, 사람들 이야기를 듣고 나서는 그렇다고 인정할 수밖에 없었다. 부산은 '그나마 타지 사람을 받아본 적 있는' 공간이었다. 우리가 내린 결론은 '부산에는 이 사람들을 잡을 힘이 없다'였다. 우리가 인터뷰한 사람들은 대부분 도시 인프라를 원해서 온 이들이었고, 원하지 않은 이주여도 '도시'라는 공간에 매력을 느끼는 사례가 많았다.

"국민소득 3만 달러 시대 사람들은 그런 거죠."

고개를 끄덕거릴 수밖에 없었다. 그렇지만 여전히 다른 곳, 특히 수도권이 더 매력적인 공간인 사실도 틀림없었다. 20세에서 24세까지는 유입 인구가 많지만 25세에서 29세까지는 더 많은 사람이 빠져나갔다. 심지어 인터뷰이와 연구를 같이한 친구 중에서도 하고 싶은 일을 찾아 서울로 빠져나간 사람이 있다. '그나마 사정이 좋은' 부산마저 위험한 지금 상황이 고민이라고 이야기했다. 양승훈 교수는 자기가 생각하는 '지방 도시가 살아남을 수 있는 법'을 몇 가지 이야기했다.

"부산의 정체성은 어떻게 보면 피란 수도 같은 거죠.

영남권에서 도시를 오고 싶던 사람들이, 도시는 가고 싶은데 서울은 너무 머니까 부산에서 한번 살아보고 나서 '어, 괜찮네' 싶어지면 서울로 올라가는."

이 말에도 격하게 공감했다. 한 번 부산으로 거처를 옮긴 친구들은, 특히 20대는 다시 거처를 옮기는 선택에도 별로 주저하지 않았다. 반면 30대가 되면 어느 정도 자리를 잡고 기반을 다지려는 모습을 보였다. 결국 20대 후반에서 30대까지 청년들을 어떻게 붙잡을까 하는 문제로 다시 돌아왔고, 결국 돌고 돌아 답은 일자리였다.

"부산은 사실 인구에 견줘서 일자리가 많아요. 문제는 '좋은 일자리'가 없다는 거죠. 100대 기업 하나도 없고, 사회적 기업이나 민간 단체가 중소기업이랑 크게 임금 차이가 없으니까, 이런 서비스업이라든가, 부산에 대학이 많으니 대학 특색에 맞춰서 창업을 지원하는 것도 방법이 될 수 있겠죠. 여성 제조업 스타트업을 위한 기반은 부산이 어느 정도 갖췄다고 볼 수 있겠네요."

2019년 기준 부산 지역 월평균 임금은 329만 원. 제주, 대구, 광주, 강원에 이어 다섯 째로 낮다. 인터뷰에서도, 친구들 이야기를 들어봐도, 턱없는 저임금 일자리가 많았다. 차라리 창업을 하든지 사회적 기업이나 사단법인 등을 만드는 방법도 좋을 듯했다. 부산에는 유독 공대 다니는 여학생이 많다. 공대는 보통 여성 비율이 10퍼센트 안팎인데 부산 지역 공대는 여성 비율이 15퍼센트 정도로 높다고 한다.

"그리고 들어온 사람들을 많이 만나게 해야죠."

부산에 사람이 들어오는 가장 큰 원인은 대학이었다. 지방대가 계속 위기에 빠지고 충원율 하위 50곳 중 80퍼센트가 지방대인 지금, 전국 140만 명 고등학생 중 절반은 수도권으로 진학했다. '벚꽃 지는 순서대로 망한다'는 웃을 수 없는 우스개가 현실이 될 만한 상황이었다.

"나뉘어 있는 대학을 클러스터로 묶어서 서울 대학로처럼 젊고 활기를 띠는 거리를 많이 만들어놓는 것도 방법이라고 생각해요."

양승훈 교수는 참고할 만한 자료 목록과 연구자 명단을 알려줬다. 자문받은 이야기를 적당히 갈무리한 뒤 지금까지 사람들을 만나면서 정리한 내용을 서점에 연결할 수 있는 방법을 고민했다. 칼로 무 자르듯 맹쾌한 해결책을 내놓기는 힘들겠지만, 그래도 뭔가 할 수 있는 일을 해야겠다 싶었다. 이제는, 책방을 차릴 차례였다.

책방에서 책 고르는 법

가끔 그런 질문을 듣는다. '이 책들은 전부 직접 고르신 건가요?' 또는 '이 책들은 다 읽으신 건가요?' 대답을 하자면, 모든 책은 직접 골랐고, 그 책들을 전부 다 읽지는 못했다. 읽은 책보다는 읽고 싶은 책이 더 많고, 읽고 싶은 책이 쌓이는 속도가 책을 읽는 속도보다 더 빠르고, 책 회전률은 읽고 싶은 책이 쌓이는 속도보다 더 빠르……면 좋겠다. 그래도 쌓아둔 책을 꽤나 팔아버린 지금은 물론 나도 책을 고르고 있지만, 신뢰할 수 있는 친구들, 독서 모임에서 새로 만난 사람들, 다른 책방들을 참고하면서 또 책을 늘리고 있다.

여기까지가 지역을 고민하다가 책방을 차리게 된 사람이 들려주는 삶 이야기다. 지역에서 만들어가는 이야기를 앞으로 계속 여러분께 들려드릴 수 있으면 좋겠다. 이제 마지막 4부에서는 책방 차릴 때를 되돌아보고 이야기를 마치려 한다.

4부

처음 하는 책방

"서점을 하겠다고?"

"네."

"그기······월세는 낼 수 있나?"

돌아온 도시에서 길 찾기

입으로는 거창한 목표를 이야기했지만, 실제로 할 수 있는 일에는 한계가 있었다. 사람들 둘러앉아 자기 이야기를 만들 수 있는 책방이라는 이름을 단 작은 공간 하나.

자문받은 내용처럼 나는 대학을 클러스터로 묶을 수도 없었고, 지역에 여성 제조업 공장을 만들 능력도 없었다. 나는 부산에서 나고 자랐다. 고등학교 때 판타지와 라이트 노벨을 비롯해 다양한 독서 경험을 함께 쌓은 친구들이 있고, 대학에서 독서 모임을 꾸린 가락이 있었다. 서울에 가서 일했다. 도서관에서는 정해진 기간 동안 책을 소개하는 업무를 맡았고, 서점에서는 유료 독서 모임

과 한 달에 한 번 책을 배송하는 큐레이션 서비스를 운
영한 경력을 쌓았다.

부산에 책을 기반으로 하는 문화 거점을 만들고, 이
런저런 지역 이야기를 모아 책을 내고, 사람들하고 함께
지역이 헤쳐 나가야 할 과제를 하나씩 풀자는 야심 찬
계획을 세웠다. 독서 모임은 다섯 명에서 일곱 명이 가장
적당하지만 넉넉잡아 여덟 명은 앉을 만한 공간이 필요
했다. 이따금 도서관에 책을 납품할지도 모르니 창고도
있으면 좋고, 서가는 적당히 확보해야 하지만 그렇게 넓
을 필요는 없었다.

서점을 열기 전에 추억이 담긴 서점을 몇 군데 돌았
다. 보통은 책방을 열 때 들인 책들이 그대로 있었다. 책
을 채우는 기준 중 하나는 '책방이 망해서 그대로 집으
로 들고 가도 아깝지 않을 책'이어야 했다. 전 직장인 정
치발전소는 20평 조금 넘은 공간을 썼다. 그러면 나는
절반 정도만 돼도 괜찮겠다는 계산이 나왔다.

월세가 싸고 접근성이 좋은 자리를 잡아야 했다. 인
터뷰를 핑계로 남천동, 해운대, 서면, 명지동, 전포동, 부
산대 등 부산 곳곳을 둘러봤다. 사람들은 부산에 갈 곳
이 많아서 좋다고 했지만, 사실 여러 곳이 이미 활력을

잃고 있었다. 부산의 중심이라고 할 수 있는 서면을 빼면 사람들이 모이고 노는 곳은 다 전멸한 상태라고 생각될 정도였다.

코로나 팬데믹 기간 동안 살아남은 유일한 상권인 서면에서 조금 확장된 전포동 근처에 책방을 열고 싶었다. 원하던 위치에 있는 원하던 넓이를 갖춘 공간은 내가 정한 기준보다 두 배쯤 월세가 비싸거나 두 배쯤 비싼 권리금이 깔려 있었다. 고민을 하던 찰나, 어머니가 아는 데가 하나 있으니 같이 보러 가자고 했다.

경성대학교와 부경대학교가 자리한 대연동은 부산 중심지는 아니지만 규모가 좀 작은 동명대학교까지 포함해 세 대학이 클러스터로 묶인 곳이어서 웬만한 중소 도시 시내를 넘어서는 번화가였다. 나도 꽤 오랜만에 들르는 동네였다. 코로나 팬데믹에 따른 비대면 수업 때문인지 거리에는 사람이 많지 않았다.

경성대역 근처에 내려 조금 걸어가면 나타나는 좁은 골목길. 종탑 하나가 서 있는 곳에 갤러리와 카페가 보이고, 안에는 조그만 우물이 자리한 풀숲. '경성대 문화 골목'은 그런 모습이었다. 낮보다 밤이 더 화려한 대학가 풍경에 걸맞다고 할 수는 없는, 살면서 처음 보는 공간이

당신의 책갈피가 자리한 '문화골목'은 내가 살면서 처음 보는 공간이었다.

었다. 이 안에서 어머니가 아는 분이 가게를 하고 있었다. 한 다리 건너 건물주를 만났다. 15년 전 문화골목을 만든 최윤식 건축가였다. 여러 질문이 오가고 나서, 마지막으로 인상적인 질문을 하나 받았다.

"서점을 하겠다고?"

"네."

"그기……월세는 낼 수 있나?"

나름 준비를 많이 한다고 생각했지만, 여전히 매출을 올릴 수 있다는 확신은 없었다. 시작도 전에 하지 못한다고 할 수는 없는 노릇이니 준비한 내용을 최대한 많이 이야기하기로 했다.

예전에 해본 구독 서비스와 도서관 납품 등을 합치면 어느 정도 규모가 되는지, 정부가 청년 창업 자금으로 얼마나 많은 후원을 하는지, 문화 관련 재단이나 문화체육관광부, 지역 도서관 등하고 협업해 무엇을 할 수 있는지 어필했다. 딱히 내 말에 설득된 분위기는 아니었지만, 마침 코로나 때문에 빈 공간이 몇 군데 있고 문화골목이라는 인프라를 이용해 함께할 가능성이 보인다며 입점을 허가받았다.

입점은 하기로 했는데, 이전 세입자하고 부동산 문제

가 좀체 해결될 기미가 없었다. 잠시 몸을 둘 곳으로 스케치 수업과 인문학 강연을 하는 공간을 추천받았다. 박물관에서 일하다가 은퇴한 관장님이 꾸민 개인 서재였다. '해련도방'이라는 이름을 붙인 이곳에는 일본과 중국에서 나온 한국 관련 기록과 부산 관련 자료가 빼곡히 쌓여 있었고, 스무 명 정도 들어가는 모임 공간도 보였다.

"옮겨가는 건 나중에 생각하고, 한동안은 여기 서재에 책 적당히 넣고 팔아도 안 되겠나."

개업 시점으로 생각한 1월까지 3개월 정도 남은 때였다. 적당히 다른 곳들도 둘러볼 겸 개인 작업을 시작하겠다고 했다. 해련도방을 운영하는 이해련 관장은 워낙에 너그럽고 인품이 좋은 분이어서 뜬금없이 함께 공간을 쓰게 된 나를 매번 친절하게 챙겼다. 좋은 사람과 공간이 있다 보니 책방을 차리기 전부터 하고 있는 프로젝트를 핑계 삼아 출석 도장을 찍었다.

문화골목은 다양한 행사가 벌어지는 곳이었다. 해련도방에서는 일주일에 세 번씩 도시 풍경을 그리는 '어반 스케치' 수업을 하고, 갤러리는 전시회로 바쁘고, 카페는 와인 시음회나 서양화 수업 같은 행사를 열었다. 2층에는 극장과 엘피 바가 있었는데, 엘피 바에서도 매달 마지막 주말에 같이 영화 보는 시간을 진행했다. 덕분에 서점은 생각보다 꽤 호사스러운 공간에서 출발했다.

"나하고 책이 만나는 시간이잖아요.

글로벌하게 영어 이름을 붙여봐도

좋을 것 같은데? '북미BOOK-ME 정상 회담.'"

책방 이름 찾기

책방 준비팀에서 가장 먼저 화제로 올린 사안은 책방 콘셉트였다. 그다음은 책방 이름이었다. 책방 콘셉트야, 여태껏 해온 이야기의 연장선에 있는데다가 세부 사항만 확인하면 되는 작업이었고, 문제는 이름이었다.

"책방 이름에 맞춰서 뭘 할지 확실히 콘셉트를 잡아야지 않겠어요?"

"문학, 사회학, 역사, 철학 같은 인문학 책에 더해서 부산 지역에서 작가들, 아니면 작가가 아니라도 좋으니 사람들 이야기를 발굴해내고 싶어. 서울 있으니까 아무래도 지역 이야기는 뒷전이라는 생각이 많이 드는데, 주변에 너희들도 그렇고 재능 있는 사람들은 많을 테니까. 재미있는 이야기들 있으면 책도 내보고. 그래야 너희들 책 내고 나서 뭔가를 더 이어갈 수 있을 것 같고."

"오, 그럼 지역 작가들이 큐레이션도 같이 해주고 이러면 좋겠네."

"아무래도 요새는 독립 출판사나 작가도 많으니까, 그 사람들이 뭔가 직접 해줘도 좋겠네요."

"그치, 너네들 할 일이 중요해."

인문학 서적과 지역 작가들 책을 우선 입고하겠다는 큰 틀을 잡았다. 아무 눈치도 보지 않으면서 책방 이름을 제안할 수 있다 보니 준비팀 친구들 사이에서는 그야말로 '아무 말 대잔치'가 벌어졌다.

"형, 인쇄도 할 거죠?"

"아무래도. 부모님이 하시니까 같이 할 수 있겠지?"

"그럼 종이로 할 수 있는 출력부터 구입, 판매까지 다 할 수 있는 거잖아요. 그런 의미에서 '페이퍼 컴퍼니' 어때요?"

"되겠냐. 기각."

"음, 지역 작가들이랑 뭔가 하려면 커뮤니티가 중요하잖아요. 아무래도 세력을 모아야 되고, 책에 따라 모일 사람들 종류가 달라질 테니까, '종북從BOOK세력', 아니면 이 책을 읽는 사람, '이북리더.'"

"그, 정치발전소에서 나온 사람이 '종북세력'이라든가 '이북리더'라는 책방을 하고 있으면……좀 그렇지 않아? 기각."

"음, 그럼 이건 어때요. 나하고 책이 만나는 시간이잖아요. 글로벌하게 영어 이름을 붙여봐도 좋을 것 같은데? '북미BOOK-ME정상회담.'"

"너는 왜 이렇게 북을 좋아하냐. 기각."

"종이라이드."

"……그냥 내가 할게."

책방 이름 정하는 데 도움은 안 됐지만, 이때 만든 '지역 작가들이 낸 책과 지역 작가들이 좋아하는 책을 큐레이션하는 서점을 만들고 싶다'는 전망은 도움이 됐다. 이 전망을 들은 한 사람이 팝업 스토어 형태로 지역 작가의 큐레이션을 받는 책방으로 발전시키면 좋겠다는 아이디어를 전했고, 이 아이디어가 마음에 들어 '당신의 책갈피'라는 이름을 채택했다.

2022년 1월 3일. 새해 첫 평일에 사업자 등록을 했다. 어제의 나하고 오늘의 나는 아무것도 달라지지 않았는

2022년 1월 3일, 새해 처음 맞은 평일에 사업자 등록을 했다. 지역 작가의 큐레이션을 받는 책방으로 발전시키면 좋겠다는 뜻을 담아 '당신의 책갈피'로 이름을 정했다.

데, 하루아침에 무직자에서 사업자가 됐다. 기분이 이상했다. 사업자 등록을 하면 할 수 있는 일들이 늘었다. 판매 시스템인 포스를 신청하거나, 도매상에 거래를 트자고 요청하거나, 서점조합에 가입하는 일들이었다.

아직은 얹혀사는 처지라 쓸 수 있는 공간이 넓지 않았다. 2단 책장 여덟 개를 샀고, 정치발전소에 있을 때나 도서관 다닐 때 읽은 좋은 책 위주로 200권 정도를 추려 출판사와 도매상에 주문했다. 정치발전소에서 개업부터 운영까지 해본 적 있어 그나마 다행이었다. 지금도 종종 이야기한다. 이런 경험 없이 책방을 열면 아마 석 달쯤 하고 망했겠다고. 정말 책방을 시작한다고 하자 해련도방 관장님이 헤로도토스가 쓴 《역사》를 신청했다. 그야말로 '역사'적인 첫 판매라고, 혼자 웃기지도 않은 생각을 했다.

"추천은 고마운데,

조금 어설프고 모자랄 수 있어도,

나랑 내 주변 사람들 능력으로 채워볼게."

로고 만들기

책방을 차렸으니, 사람을 모아야 했다. 여기에서 사람이란 단순히 책방에 와 책을 사는 사람이 아니라 이 공간에서 함께 문화 예술을 만들 이들을 이야기했다. 책방 차리기 전에 한 활동에서 만난 사람도 적지 않았지만, 공간이 생기면 더 많은 사람을 만날 수 있다고 생각했다.

전쟁에 기수가 필요하듯 책방도 로고가 필요했다. '당신의 책갈피'라는 이름에 걸맞게 예전에 단풍잎이나 은행잎 같은 나뭇잎을 코팅해 책갈피 모양으로 만든 기념품을 레퍼런스로 하는 로고면 좋겠다고 생각했다. 유명 작가나 디자인 회사에 맡기면 어떻겠냐는 이야기가 나왔다. 나름 에스엔에스에서 핫 플레이스가 된 공간을 참고로 몇 가지 시안도 보여줬는데, 제시된 가격이 생각보다 비쌌다.

"추천은 고마운데, 조금 어설프고 모자랄 수 있어도, 나랑 내 주변 사람들 능력으로 채워볼게."

에둘러 거절했다. 어설프고 모자라기는 무슨, 내 주변에서는 나만 잘하면 된다는 사실을 왜 아직도 몰랐을까. 청년정책네트워크에서 만난 올리에게 연락했다. 이미 책방을 준비하던 때 만난 사이여서 책방 로고 작업을 해주면 좋겠다고 이야기했다. 올리도 흔쾌히 그러겠다고 대답했다. 하루 정도 기다리자 여섯 개 정도 시안이 나왔고, 투표를 거쳐 그중 책이라는 글자가 눈에 띄고 나뭇잎 책갈피라는 정체성도 가장 잘 지킨 디자인으로 정했다.

로고를 결정한 만큼 이제 명함, 판촉용 굿즈, 에스엔에스를 만들 차례였다. 책방 준비팀에 책갈피에 넣을 문구를 공모했다.

"어, '얘, 느이 아버지가 고자라지?'(김유정, 〈동백꽃〉)로 하죠."

"'설렁탕을 사왔는데 왜 먹질 못하니'(현진건, 〈운수 좋은 날〉)요."

청년정책네트워크에서 처음 만난 올리가 만든 당신의 책갈피 로고. 나뭇잎 책갈피라는 정체성을 살린 디자인이 멋지다는 이야기를 들었다.

"'저기, 양 한 마리만 기례도'(생텍쥐페리, 《애린 왕자》, 최현애 옮김) 어때요."

되겠냐고…….

굿즈 작업에는 어머니 아이디어를 많이 반영했다. 크라프트지에 로고를 인쇄한 소봉투와 중봉투를 만들고, 책갈피는 나뭇잎 모양을 틀로 잘라 로고를 넣었다. 폼보드 형태로 간판을 만들고, 로고 모양을 프로필 사진으로 삼은 에스엔에스 계정을 열고, 예전 계정의 프로필 사진을 바꾸고, 자기소개를 '당신의 책갈피 길드마스터'로 바꿨다. 이제 길드원이 될 사람만 찾아다니면 됐다.

지역에서 활동하는 사람을 더 만나고 싶었는데, 남아 있는 사람이 별로 없었다. 그런 상황에서도 이 자리에서 할 수 있는 일을 하는 친구들이 있었다. 엔터테인먼트 업체를 운영하는 슬화도 그런 친구들 중 하나였다. 가수 한 팀과 사회자 한 팀이 소속된 회사였다. 지방에서 문화예술 일을 하는 자영업자가 겪는 고충에 관해 몇 번 이야기하다가, 책 읽는 사람들을 더 만나 볼 방법이 없겠냐고 하자, 자기가 활동하는 오픈 채팅 독서 모임을 추천했다. 슬화가 보낸 링크를 타고 들어가니 한 방에는 40명이 모여 있고 또 다른 방에는 60명 넘는 사람들이 책 이야기를 나누고 있었다. 독서 모임 규모에 한 번 놀라고, 채팅방이 활성화된 모습에 한 번 더 놀랐다. 대개 20대와 30대였다. 업계에서는 청년들이 책을 안 읽는다며 늘 힘들어하는데, 부산에 내가 만날 수 있는 잠재 독자만 당장백 명이 넘는다는 사실은 큰 힘이 됐다.

오픈 채팅에 한번 맛 들이자 후배가 소개한 방 말고도 부산에 있는 독서 모임과 문화 생활 모임을 찾아서 거의 다 한 번씩 들어갔다. 이렇게 다닌 모든 방을 다 합치면 산술적으로는 수백 명 넘는 사람들이 책을 읽으려고 모여 있었다. 이따금 일상 이야기가 더 많은 곳도 있었고, 아예 거의 이야기를 하지 않는 곳도 보였지만, 책 이야기를 자주 나누면서 모임이 활발한 곳도 적지 않았다. 잘 운영되는 독서 모임 몇 곳에 책방을 하려 한다고 소개하니 많은 이들이 관심을 보였다. 자기도 그런 낭만이 있다면서 응원하기도 하고 직접 운영한 적이 있는데 쉽지 않다면서 말리기도 했다.

어찌 됐든 오픈 채팅 독서 모임 사람들은 부산에 돌아와서 책 이야기를 가장 많이 나눈 이들이었고, 개업한 뒤에는 책방을 가장 자주 찾는 단골이 됐다.

"서울, 수도권이 아니고 부산으로 가는 책이면
공급률이 좀 높아져야 합니다."

부산에서 책방 하기

정치발전소에서 일하던 시절, 마포구립도서관하고 몇 가지 일을 같이하려 기획한 적이 있었다. 실태 조사를 진행한 사서 선생님 말에 따르면 마포구에 서점이 70개 넘게 있다고 했다. 합정동, 망원동, 상수동 등이 유동 인구가 많은 동네이고, 작은 책방을 찾는 사람들은 한 군데만 가지 않기 때문에 몰려 있는 편이 더 나을지도 모르지만, 그래도 70개는 많아 보였다. 그 안에서 개성을 유지하며 살아남는 일도 쉽지 않아 보였다.

부산이라면 좀 다를까. 부산에서 책방 하기가 서울에서 책방 하기보다 좋은 선택인지 이따금 생각했다. 꼼꼼

한 사람이 아니라서 깊이 고민하지는 않았다. 꼼꼼한 사람이라면 부산에 오기 전에 이미 상권 분석과 비즈니스 모델, 고정비 등에 관련한 표를 만들어 비교하고 분석했겠지만, 나는 당연히 좋은 것도 있고 나쁜 것도 있지 인생 다 그렇지 않나 하는 마음이었다. 그런 문제보다 내가 전치사형 인간하고는 다른 삶을 살아가는 일이 중요했고, 저 서울이 좋은 것을 다 차지할 때 지방에도 괜찮은 공간 하나 만드는 일이 중요했다.

기회 생긴 김에 정리하자면, 서울보다 부산에서 유리한 점이 몇 가지 있었다.

첫째, 고정비. 인터뷰에서도 종종 나왔지만, 서울 집값보다는 부산 집값이 쌌다. 일하는 공간만 비교해도 면적은 3분의 1 정도 줄어든 데 견줘 비용은 6분의 1 정도 줄어서 대충 반값으로 생각하면 편했다.

둘째, 비슷한 공간이 은근히 많이 없다는 점. 서점 수도 비슷한 정도로 줄어 있었다. 지역 공공 도서관에서 서점마다 돌아다니며 도서 납품을 진행하는 덕분에 책방을 처음 차린 때 가장 든든한 고객이 되기도 했다.

셋째, 나한테만 해당할지도 모르지만 가장 중요한 점인데, 오랫동안 함께 책을 좋아한 사람들이 그래도 부산에 많이 남아 있다는 점. 함께 도서관을 다닌 고등학교 친구들, 독서 모임에서 만난 대학교 선배, 동기, 후배들, 오픈 채팅을 매개로 새롭게 만난 독서 애호가들까지. 이제 책에 흥미를 잃은 지 오래된 사람도 있고, 지금은 다시 만날 수 없게 된 이도 여럿이지만, 내 공간에 마음 놓고 부를 사람이 있다는 사실만으로 충분한 힘이 됐다.

이 밖에도 책방을 차린 문화골목이 지닌 인프라나 책방 근처로 조금만 나가면 만나는 광안리 바닷가도 부산에서 책방 하다가 얻는 소소한 즐거움이었다.

나쁜 점도 분명 있었다. 도서관이든 정치발전소든 어딘가에 소속돼 있을 때 누리는 인프라는 온전히 내 것이 아니었다. 그때 마음 놓고 할 수 있던 일이 여기에서는 당연하지 않았다. 가장 단적인 사례가 강연자 섭외였다. 서울에 사는 사람이 부산에 있는 책방에 한 번 오려면 케이티엑스를 타도 최소 여섯 시간 걸리고 차비는 12만 원이었다. 대개 지원 사업 지급 기준이 되는 인재평생교육원 2022년 강연료는 1시간 10만 원, 추가 1시간에 6만 원, 차비 6만 원이었다. 사람값을 제대로 쳐주지 않는 세상이 인생의 고민이던 사람이 사람값 후려치고 있다며 고민하다가, 그래도 마음 통한다 싶은 이들에게 책방

구경 겸 놀러올 겸 부담이 덜한 정도로 부탁하기로 했다. 인복이 많아 여러 사람이 도와줬고, 빚졌다는 마음으로 하루하루를 살기로 했다.

이해할 수 없는 문제는 책을 사 올 때도 불거졌다. 도서 납품 주문이 들어와 대량 구매를 문의하자 어느 도매업체가 딴소리를 했다.

"서울, 수도권이 아니고 부산으로 가는 책이면 공급률이 좀 높아져야 합니다."

자기들이 거래하는 업체를 거치면 더 적은 비용으로 해줄 수 있지만 그렇지 않으면 택배비 등을 추가로 부담해야 한다고 말을 바꿨다. 택배비가 얼마인지 아는데, 소량 거래 할 때는 그런 이야기를 안 하더니, 대량 구매를 하자고 하니까 갑자기 태도가 달라졌다. 차가 다니기 힘든 산간 도서 지역도 아닌데 추가 비용을 부담해야 한다는 말은 납득하기 어려웠다. 그 뒤 조건이 좋은 다른 도매업체를 몇 군데 거래하게 됐지만, 서울이 아니기 때문에 책값을 더 내야 한다는 차별이 바로 지방민이 겪는 설움인가 싶었다.

결론적으로, 이따금 한이 먹히는 지방민의 설움을 제외하면 그래도 좋은 점이 많았다. 어차피 지방민의 설움은 지방에 사는 한 안고 가야 했다. 내 글쓰기의 소재가 되고 내 서점의 콘텐츠가 되기도 하니 딱히 나쁠 일도 없었다. 다시 생각해도 종합적으로 볼 때 서울보다는 부산에서 책방을 하는 쪽에 높은 점수를 줄 만했다.

"자영업자는 일단 사기를 치고 수습하면서

돈을 버는 거죠."

공수표 수습하기

문화 기획 업무를 하면서 가장 늘어난 능력은 앞서 말한 대로 별것 아닌 일에 의미를 부여하는 솜씨였다. 책방을 차리기 전까지 그럴듯한 이야기로 꽤 많은 공수표를 남발했다. 존경하는 자영업 선배가 한 말씀에 따르면, 원래 자영업자란 사기를 치고 수습을 하면서 돈을 버는 법이었다. 책방을 같이 준비한 친구들, 서울 생활을 하는 동안 만난 사람들, 부산에서 각종 네트워크 사업과 지원 사업과 오픈 채팅 등을 하며 알게 된 이들에게 날린 공수표를 수습할 때가 됐다.

지원 사업을 몇 개 신청했다. '마키아벨리의 편지'를

본떠 지역 독립 출판물, 도시 풍광을 그린 어반 스케치 굿즈, 향토 기업이 만든 지역 특산물을 함께 배송하고 지역 작가 만남까지 묶은 독서 패키지를 월 1회씩 6개월간 제공하는 시즌제 북클럽 구독 서비스 '미상독서체'를 기획하지만 마지막 단계에서 미끄러졌다. 본선에 진출해 프레젠테이션까지 했지만, 서비스를 진행할 역량이 부족하다고 보인 탓인지 최종 선정이 되지는 않았다. 프레젠테이션을 서울에서 한 점 때문에 지방민의 설움 이야기를 섞을까 싶었지만, 본선 진출에 지방 가점과 청년 가점이 한몫한 만큼 묻어두기로 했다.

청년정책네트워크에서 만난 지역 문화 예술 커뮤니티 '링드미'하고는 '심야책방'을 기획했다. 소설을 각색하거나 원작이 있는 희곡 함께 읽고 배역을 나눠 연기를 해보는 낭독회와 잠시 쉬다가 집에 갈 때까지 책을 읽는 묵독회로 구성된 행사였다. 첫 책은 부산 지역 출판사에서 낸 소설을 각색한 희곡. 책을 받으러 출판사에 가니 한 청년이 뜬금없이 나를 반겼다. 고등학교 시절 친구의 막냇동생이 작가가 되고 편집자로 일한다는 소식을 듣기는 했는데, 그곳인 줄은 몰랐다.

마침 수도권에서 학예연구사로 일하던 친구도 부산

에 다시 와 있다는 사실을 알게 돼 친구와 동생을 책방으로 불러 회포를 풀었다. 그 동생은 글쓰기 모임에서 다양한 사람들이 주목받지 못한 청년들을 만나 쓴 글을 모아 직접 편집한 책을 한 권 줬고, 그 친구는 내가 지역 콘텐츠를 강조하는 책방을 만들고 싶다고 하자 아이디어를 나눠줬다.

"지역이라고 해도 사람들이 생각보다 별로 관심 없지 않나 싶은데. 당장 여기 대연동이 왜 대연동인지 너도 잘 모를 거 아냐. 동래군에서 가장 큰 연못이 있어서 '대연마을'이 된 거거든. 지역 정체성은 이름에서 오는 건데, 이런 건 별 관심이 없는 것 같더라고."

그날 이후, 두 가지 기획을 했다. 하나는 살면서 처음 만나는 상황에 던져지는 청년들을 위한 '세상의 모든 처음'이었다. 사회 초년생을 위한 금융 지식을 공부하는 《오늘 배워 내일 써먹는 경제 상식》, 주목받지 못한 청년들 이야기를 담은 《세상의 모든 청년》, 성인이 되는 동시에 돌봄에 뛰어든 작가가 비슷한 상황에 놓인 청년들을 만나 쓴 《새파란 돌봄》 등 세 가지 테마로 진행하는 북토크였다. 다른 하나는 세상에 주소가 생기면서 일어난 변화를 이야기하는 《주소 이야기》, 부산에 관해 좀더 깊

'진짜' 책방 건물로 처음 이사한 당신의 책갈피. 이제 나는 이 안에서 창밖을 향해 '길드 마스터 김이름'이라는 이름으로 공지를 쓰기 시작했다.

이 탐구하는 《부산의 탄생》, 지역 작가가 함께하는 글쓰기 시간 등으로 구성한 '당신의 책갈피 051페이지'였다.

북토크를 진행하면서 작가들을 알게 되고, 가끔 직접 납품을 요청하는 독립 출판 작가들을 만나고, 그렇게 아는 사람이 늘어갔다. 언젠가는 여기에서 활동하는 사람들을 다 모아서 인사나 시키자는 생각이 들었다. '지역 이야기'를 들려주는 순간이 곧 다가오리라고, 그렇게 될 수밖에 없다고 확신했다.

오픈 채팅에서 사람을 모아 만든 독서 모임, 낭독회와 묵독회가 포함된 '심야책방', '세상의 모든 처음'을 비롯한 북토크, 부산 주변 책방들하고 함께하는 '매일매일책봄' 마켓 행사, 얼레벌레하고 우당탕퉁하면서 얼렁뚱땅한 상태를 몇 번 거치고 나서야 제대로 할 수 있게 된 도서관 납품까지, 열심히 일하다 보니 '진짜' 책방 건물로 이사할 날이 다가왔다.

훨씬 더 많은 책을 살 수 있다는 기쁨도 잠시, 책장은 물론이고 냉난방기, 독서 모임용 책상과 의자, 프린터, 북엔드를 비롯한 각종 소품까지 돈 들어갈 일이 끊임없이 생겼다. 소상공인진흥공단에서 청년 자영업자나 청년을 고용한 자영업자에게 주는 대출을 2.0퍼센트 고정이자율에 받을 수 있는 만큼 받아 인테리어 비용과 보증금, 책값을 충당했다. 집에도 손을 좀 벌렸다.

돈 쓰는 김에 크게 쓰자는 생각이 들어서 오픈 파티를 기획했다. 슬화네 회사에 축하 공연을 해줄 수 있겠냐고 묻고, '심야책방'을 함께 진행하는 링드미에도 짧은 낭독극을 부탁했다. 둘 다 흔쾌히 오케이를 했다. 기획자로 일하는 대학교 때 친구가 행사 당일에도 대형을 못 잡아 고민하는 나를 도와줬다. 고등학교 때 친구들은 손님 접대를 맡았다. 독서 모임 회원들과 소식 듣고 온 아는 사람들까지, 내가 부산에서 부를 수 있는 사람은 모두 다 불렀다.

문화골목에 자리한 주점에서 만든 음식을 나눠 먹으면서 밤이 깊을 때까지 이야기를 나눴다. 심지어 행사 진행을 도운 몇몇은 내가 잠시 눈을 뗀 사이에 자기들이 읽은 웹소설의 역사부터 시작해 취기가 오를 때까지 변화무쌍한 주제로 대화를 나누더니 어느덧 도원결의를 맺고 있었다.

오픈 파티에 모인 사람들 대부분이 뒷정리를 함께했다. 얼마 안 남은 전날의 잔해를 치우다가 앞으로 펼쳐질 날들이 꽤나 기대됐다. 몇 달 뒤 그 친구들을 '길드'라는 이름으로 다시 소환했고, 나는 '길드 마스터 김이름'이라는 이름으로 공지를 쓰기 시작했다.

에필로그 《슬램덩크》 전편을 싸게 사는 방법

1.

"너네는 무슨, 안 보는 사이에 도원결의를 맺은데다가 친구가 오픈한 책방에서 웹소설 이야기를 하고 있어."

　《달빛조각사》에 《전지적 독자 시점》, 《룬의 아이들》까지 갖다놓고 이야기가 안 나올 거라고 생각한 쪽이 문제 아닐까?"

　"야, 그거 아냐?"

　"뭐."

　"책방 주인이 되면 《슬램덩크》 전편 싸게 산다."

　"야!"

　"왜?"

　"……내 거도 하나 주문해라."

2.

"서울 간다면서요?"

"하……하……네."

"……축하드립니다. 한번 뵙죠."

당연히, 책방 하나가 생긴다고 해서 사람이 안 떠나갈 리 없었다. 서울에 좋은 기회가 있어 이직을 한다고 했다. 근처 단골 술집에서 이야기를 나눴다.

"제가 아무래도 일을 배울 곳이 너무 한정적인 면이 있으니까, 서울에 같은 직종은 어떻게 하는지 궁금하더라고요. 이것저것 여쭤보는 걸 좋게 보신 모양이에요. 조만간 같이 일하자고 해서 그냥 하시는 말씀인가 했는데, 스카우트 제의를 하더라고요. 축하……를 많이 받기는 하는데, 축하받을 일이 맞나 싶고 그러네요."

"좋은 기회는 될 거예요. 아쉽네요. 같이 재미있는 거 많이 하고 싶었는데, 가면 진짜로 배울 것도 많고 할 수 있는 것도 많으니까 다 해보시고요. 마지막에는 체급 키워서 돌아오세요. 여기도 그때까지 커져 있을 테니까."

〈제주에서 혼자 살고 술은 약해요〉라는 시가 떠올라 단 술을 시켰는데, 부산에서 혼자 살지 않아도 금방 취했다.

3.

"지역에서 글 쓰는 사람들이든 그림 그리는 사람들이든 문화 예술 활동 하는 사람들끼리 그냥, 모여서 인사만 하는 자리 하나 만들까요. 진짜 인사만 하고 가는 거예요. 뭐, 다른 목적이나 이런 거 없이."

"오, 좋아요. 드레스 코드 같은 거 맞추나요?"

"어⋯⋯그런 건 생각에 없었는데, 한번 해봐도 괜찮겠는데요?"

며칠 뒤, 몇몇 사람에게 초대장이 전송됐다. 첫 모임은 성황리에 끝났고, 나는 이 모임을 '비밀의 계절'이라 부르기로 했다. 지역에서 비슷한 고민을 하는 사람이 있다면, 언제든 환영.

4.

책방에서 우연히 출판사 이매진 대표를 만나 출간 계약을 하기로 한 날부터 원고를 넘기는 지금까지 사실 얼떨떨하다. 내 이야기가 특별하지 않다는 생각도 했고, 긴 글을 완결할 재주가 없다는 회의도 들었다. 아직 자리를 잡지 못한 서점인데 책 쓰는 일이 조금 건방지지 않나 하는 걱정도 한몫했고. 그렇지만 이매진은 원고를 받을 때마다 좋은 피드백을 줬고, 게으르고 비겁한 내가 차일피일 원고를 미루는 사이에 어떻게 책방은 자리를 잡았다. 3년 차를 바라보는 책방이면 책방으로서 그래도 할 만큼 하고 있다고 자부한다. 책에 언급된 모든 사람들에게, 이 책을 읽는 여러분에게도 언제나 감사한다. 이 여전한 마음으로, 모두 다시 책방에서 만나 뵐 수 있기를 빈다. 나도 더 많은 이야기들을 쌓아두겠다.

2023년 10월 15일, 당신의 책갈피에서,

'길드 마스터 김이름'이라는 이명을 쓰는 박범각 드림.